瑞蘭國際

瑞蘭國際

瑞蘭國際

日語舊假名學習

# 與夏目漱石共遊
# 歷史假名標示的世界

淡江大學日文系教授
曾秋桂博士、落合由治博士　著

# 歲月的省思

　　子曰：「三十而立，四十而不惑，五十而知天命，六十而耳順，七十而從心所欲不逾矩。」在青春的歲月裡，這種感覺也許還沒有那麼深刻，但隨著腳步逼近生命歷程中某個值得紀念的日子時，這一句話便常常被拿來咀嚼、深思。

　　日本近代文豪夏目漱石得年五十。在他生命結束前的數個月當中，漱石維持著早上寫作小說、下午創作漢詩的簡單且規律的生活。而之前，迎接不惑之年的漱石，轉換了跑道，並做了人生中的一大抉擇：辭去帝國大學教授一職，成為「朝日新聞」的專欄小說家。於是，漱石真正專心一致地從事文學創作，算起來只有區區十年左右的時間。儘管時間如此短暫，但漱石五十年的生命、十年的如日中天的文學創作生涯，已造就漱石成為日本近代文學中最閃亮的一顆星星之一，讓海內外後世的人們，得以拜讀、賞析他嘔心瀝血的文學作品。因此可以說，如果沒有他四十歲那年的重大抉擇，就沒有今日的日本近代文豪夏目漱石了。由此看來，命運還真是奇妙！

　　回想起第一次看漱石的小說《吾輩は猫である》（我是貓），已經是近三十年前的事了。而且那時日文程度不夠，還是邊看向大學同學借來的中譯本輔助，才勉強讀完全書。閱讀後，對於漱石的幽默留下非常深刻的印象。之後，有幸獲得交流協會的留學獎學金，隻身前往日本求學。當時心中沒有第二個想法、非常篤定地認為：「留學日本的研究題目，非漱石不可。」雖然是憑著出生之犢不畏虎的蠻勇到達了夢想國度日本，但研究生活不如想像中的順

利、簡單。不過在曲曲折折的挫敗中，卻也練就了一身日文所說的「七転び八起き」（越挫越勇）的幹勁。從畏畏縮縮的一個小女孩，蛻變成敢勇於嘗試、思考獨立的一個人。學成歸國之後，有機會如願以償，得以執教鞭，實現多年的夢想。

這些日子，越是逼近天命之年，越是懷念起漱石文學，並感慨漱石的一生。雖然無法預知今後會比漱石多閱歷幾個寒暑，但心中湧現出一個念頭想傳達給後進，那就是「只要肯努力，今天不行，不表示明天也不行。」

這一本書就是在這樣的心情之下孕育出來的。

有漱石相伴，不虛此生。且為你、為我，以及為這個得來不易的生命、難得的你我的邂逅、還有各位莘莘學子的光明前途乾杯吧！

本書的誕生，特別要感謝由愿琦學妹領軍、訓練有素的瑞蘭國際出版團隊菁英們。這些大功臣們包括我的愛徒而今已經成為編輯高手的仲芸、嚴格品管的TOMOKO、以及巧思出眾的美編佳憓。她們都是我的最忠實第一位讀者，有她們專業的技術、嚴格的校稿、優質的品管、藝術的輔助，才會有這本書籍的問世。在此謹致上誠摯的謝意。

漫步加拿大班夫公園

曾秋桂

2012年8月3日

# 日本語の基礎力充実に向けた 読解をめざして

　最近の日本語教育では、効果的な習得のために二つの要素を組み合わせる重要性が指摘されています。その一つは的確なインプット、もう一つは十分なアウトプットです。インプットとは読むこと（読解）と聞くこと（聴解）で、アウトプットは書くこと（作文）と話すこと（会話）です。十分な量の、しかも自分の今のレベルから一段高い内容をインプットして自分に与えることで、文法や語彙の定着、さまざまな文型の複雑なニュアンス、場面ごとでの表現の的確な使用方法などが初めて理解できるようになります。学習者はともすると、できるだけ早く日本語を話したいと、会話練習が先だ、とにかく日本人と会話練習さえすればいいと考えがちですが、最近の外国語習得理論の研究から的確なインプットがなければ、正確な作文力や会話力は身に付かないことが明らかになっています。会話力を重視して日本のドラマやアニメを見ながら聴解練習をしている学習者の皆さんは多いと思いますが、日本語の書き言葉と話し言葉の違いを理解しないと、上級以上の日本人とのコミュニケーションは非常に難しくなってしまいます。なぜなら日本の敬語の表現や丁寧な表現はもともと書き言葉、さまざまな文章に由来しているからです。社会で使える、仕事でも使える、そういった上級以上の日本語力を身につけるには、かならず的確なインプット（読解と聴解）を繰り返して、積極的なアウトプット（作文と会話）を続けることが最も効果的な日本語学習です。どれが欠けても外国語としての日本語を身につけることは難しくな

ります。とかく敬遠されがちな読むこと（読解）は、実は非常に大切な学習です。

　インプットの中で最も基本になるのは読むこと（読解）です。今までの文法や語彙の知識を確認しながら、母語での意味をも理解することで、日本語の基礎と知識を確かにすることができます。これは正確な翻訳力の養成にも繋がります。さらに、実際に使われている日本語の文章を読むことで、より自然な日本語の単語や文型の使い方を知ることができ、作文や会話に応用できます。この教科書は、こうした一段高い内容のインプットを身につけられるよう作成しました。今までの現代語文法と語彙に加えて、正確な文の意味を理解するための構文知識を踏まえて、日本語の近代文章の構造についてより正確な理解を目指し、実際に社会で使われている日本語の読解ができるように構成されています。また、一般の日本語教科書とは異なり、高度な日本語理解には不可欠な旧仮名遣いの理解もできるように工夫してあります。

　教科書を越えて、実際に社会で価値有る作品として読まれている日本語に挑戦する、これにまさるインプットはありません。充実した日本語力養成を目指して、次の一歩を踏み出しましょう。皆さんのさらなるステップを願ってやみません。

カナダ・バンフにて

落合由治

2012.08.03

# 如何使用本書

「歷史假名標示」學習5大步驟：

Step 1

## 了解何謂「歷史假名標示」及「歷史假名標示的作品」

　　要進入歷史假名標示的世界，要先詳讀第1課，了解何謂「歷史假名標示」及「歷史假名標示的作品」，此外，還要認識「日本大文豪夏目漱石」，最後再記住學習歷史假名標示時須注意的事項。

---

　　首先歡迎大家搭乘夏目漱石號太空船。我是太空船船長曾秋桂，這一位是副船長落合由治。火箭即將發射，要帶領各位與夏目漱石共遊歷史假名標示的世界。在火箭發射之前，想必各位心中一定有些疑慮，我們先來有問必答吧！

### 一、「歷史假名標示」的由來　◄┄┄┄┄

「歷史假名標示」的由來

**Q：**什麼叫做「歷史的仮名遣いによる創作」（歷史假名標示的作品）？

　　「歷史的仮名遣いによる創作」在本書裡，稱之為「歷史假名標示的作品」。

　　話說「歷史假名標示」的由來，它是由日本「江戶時代」（江戶時代；1603-1868）名叫「契沖」（契沖；1640-1701）的著名國學家，彙整的假名標示方式以及字音標示方式而來的。之後的「明治時代」（明治時代；1868-1912），「契沖」所彙整的假名標示方式以及字音標示方式，成為一般教育的標準。追溯至更早之前，日本「上代」（上代；～794），或是稱為「古代前期」（古代前期），當時是用「万葉仮名」（萬葉假名）標示，而「平安時代」（平安時代；794-1192），則是用「仮名」（假名）標示。雖然各有所異，但透過專門研究《万葉集》（萬葉集）的「契沖」大師的彙整，只要學習過「歷史假名標示」，印刷成冊的古典書籍，大多可以看得懂。因為伴隨著江戶時代出版業的興盛以及明治時代教育的普及，「契沖」創造的假名標示方式以及字音標示方式，早已被廣泛接受，深入社會的各個角落。

16 ▶ 與夏目漱石共遊歷史假名標示的世界

---

## 五、日本舊鈔一千日圓上的帥哥大文豪

**Q5** 「夏目漱石」是誰？

**生平**

　　夏目漱石（夏目漱石：慶應3年（1867）－大正5年（1916））是日本近代的文豪之一，在日本名氣很大，無人不知、無人不曉。

　　這是一張日本銀行發行的千圓日幣紙鈔，使用於1984年至2004年之間。你知道這一張紙鈔上面的人頭肖像是誰嗎？答案揭曉，是夏目漱石。由此可見他的豐功偉業，是如何地受到日本國家、人民的高度肯定。

　　夏目漱石本名為「夏目金之助」，在8名兄弟姊妹當中排行老么。出生之後，因父親（50歲）、母親（42歲）高齡，所以借他人的奶水哺乳養育，之後馬上又被送給擺攤賣二手貨的貧窮人家扶養。但因該貧窮人家晚上擺攤工作忙碌，就把漱石擺放在一邊的草籃中，任由寒風吹襲，此景讓路過的姊姊看到，心生不捨，於是將漱石抱回家。漱石隔年2歲時，又被送到鹽原家當養子，之後因為養父母的離異，又被送回夏目家。漱石從小就像物品般被送進送出，完全感覺不到家庭的溫暖。

---

日本文學中最璀璨的鑽石——
夏目漱石

---

歷史假名標示的五十音圖表

---

## 八、歷史假名標示的五十音圖表

　　試著跟前面的「現代假名標示的五十音圖表」比較看看！這裡的「歷史假名標示的五十音圖表」，有沒有和前面不一樣的地方呢？張大眼睛再仔細看看！

▶ 歷史假名標示的五十音圖表

| 行＼段 | ア段 | イ段 | ウ段 | エ段 | オ段 |
|---|---|---|---|---|---|
| ★ア行 | あ | い | う | え | お |
| カ行 | か | き | く | け | こ |
| サ行 | さ | し | す | せ | そ |
| タ行 | た | ち | つ | て | と |
| ナ行 | な | に | ぬ | ね | の |
| ★ハ行 | は | ひ | ふ | へ | ほ |
| マ行 | ま | み | む | め | も |
| ★ヤ行 | や | い | ゆ | え | よ |
| ラ行 | ら | り | る | れ | ろ |
| ★ワ行 | わ | ゐ | う | ゑ | を |

補充：ザ行　ざ じ ず ぜ ぞ
　　　　　　　　 ‖　‖
　　　ダ行　だ ぢ づ で ど

---

## 九、學習「歷史假名標示」時須注意的事項

　　為了方便說明，本書將使用羅馬拼音來輔助。不過日本現行的羅馬拼音方式，還沒有出現固定非用此不可的通則。於是，權宜之下，本書以在台灣市占率頗高、普遍使用於教授日文文書處理之日文輸入方式上，且日文初學者常使用的課本《新文化日本語初級1》中所刊載的羅馬拼音為依據，進行下面的說明。

（一）非特殊情況：語彙的第一個假名，如果是「ハ行」的任何一字時，請照常唸出。不會出現唸音與標音不同的情況。例如「は、ひ、ふ、へ、ほ」此行，原音重現為「ha、hi、hu（或fu）、he、ho」。

　　說明：花（花）＝はな＝[ha na]
　　　　　火箸（火鉗）＝ひばし＝[hi ba si（或shi）]
　　　　　文（信）＝ふみ＝[hu（或fu） mi]
　　　　　部屋（房間）＝へや＝[he ya]
　　　　　星（星星）＝ほし＝[ho si（或shi）]

（二）特殊情況：語彙的第二個假名以下（包含第二個假名），如果是「ハ行」的話，就會出現唸音與標音不同的情況。例如雖然標記為「は、ひ、ふ、へ、ほ」，唸音須為「wa、i、u、e、o」。簡單來說，要將標音的「ハ行」，視為唸音的「ワ行」。須勤加練習到一眼就能看出唸音與標音不同的地方，並能馬上唸出發音。

---

學習歷史假名標示時須注意的
事項

---

 **Step 2**

# 實際演練，學習「歷史假名標示」

第2課以夏目漱石出世之作《我是貓》為範例，說明歷史假名標示的規則，以及解析歷史假名標示的唸音。在學習之後附上《我是貓》的現代假名標示文章，讓讀者好對照、好學習。

## 一、實例演練：

歷史假名標示《我是貓》作品「冒頭部分」的一部分 ◀ ∙∙∙∙∙∙∙

吾輩は猫である。名前はまだ無い。

どこで生れたか頓と見當がつかぬ。何でも薄暗いじめじめした所でニャーニャー泣いて居た事丈は記憶して居る。吾輩はこゝで始めて人間といふものを見た。然もあとで聞くとそれは書生といふ人間中で一番獰惡な種族であつたさうだ。此書生といふのは時々我々を捕へて煮て食ふといふ話である。然し其當時は何といふ考もなかつたから別段恐しいとも思はなかつた。但彼の掌に載せられてスーと持ち上げられた時何だかフハフハした感じが有つた許りである。掌の上で少し落ち付いて書生の顏を見たのが所謂人間といふものゝ見始であらう。此時妙なものだと思つた感じが今でも殘つて居る。第一毛を以て裝飾されべき筈の顏がつるつるして丸で藥罐だ。其後貓にも大分逢つたがこんな片輪には一度も出會はした事がない。加之顏の眞中が餘りに突起して居る。そうして其穴の中から時々ぷうぷうと烟を吹く。どうも咽せぽくて實に弱つた。是が人間の飮む烟草といふものである事は漸く此頃知つた。

**歷史假名標示《我是貓》**

## 二、看「歷史的仮名遣い」文章時，應注意的四大通則

**通則（1）：「歷史的仮名遣い」文章中的「つ」**

看習慣日文現代文章的人，會發現該是促音「っ」的地方，在歷史假名標示文章中，都是以「つ」的形態出現。的確是這樣沒錯，真是好眼力。切記，此時會產生標音跟唸音不同的情況，也就是雖然標示了「つ」，但要唸成促音「っ」。

例如：ちょっと（一寸）＝ちょっと　　しつた（知った）＝知った
であつた＝であった　　なかつた＝なかった

**通則（2）：「歷史的仮名遣い」文章中的疊字記號**

接下來要談的疊字記號，在現代日文中也很常見。常見的疊字記號有下面五種。

第一種：「ゝ」，此為同一個假名連續出現，在第二次出現時的標記方式。

例如：こころ（心）＝こゝろ　　すすめ（勸め）＝すゝめ
ふたたび（再び）＝ふたゝび
あたたかい（暖かい）＝あたゝかい

第二種：「ゞ」，此為第一個假名為清音，而第二個假名為第一個假名的濁音時的標記方式。

例如：ただ（只）＝たゞ　　すず（鈴）＝すゞ

**看歷史假名標示作品時，應注意的四大通則**

**Step 3** 進階學習「日文文章的結構」，
解讀歷史假名標示文章

　　第3、4課讓您先認識日文文章的結構，並且說明文章裡的主語、述語、修飾語用法，接著再學習常用且常見的日文基本句型的種類，如此才能更容易解讀歷史假名標示文章。

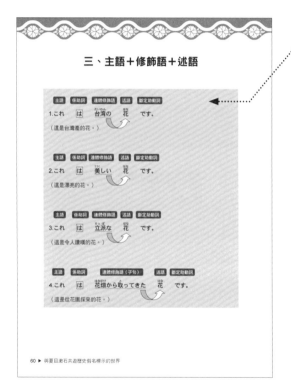

## 認識日文文章的結構

「主語＋述語」
「主語＋修飾語＋述語」
「主語＋補語＋述語（動詞文）」
「主語＋補語＋修飾語（連用修飾語）
＋述語」等

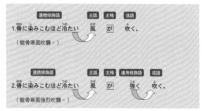

## 認識常用且常見的
「單句」、「重句」、「複句」

## Step 4

# 學習解讀文學作品的20個基礎門道

第5課說明要專業地閱讀文學作品時，必須要從20個角度來賞析，才能有不同的感受與品味。因此本步驟除了詳述賞析文學作品時，不可不知的20個基礎門道外，還教您如何用4個步驟輕鬆解讀難懂的日文句子，最後再將重要的格助詞統整。只要按照本步驟，您的賞析、解讀功力將會大為增進！

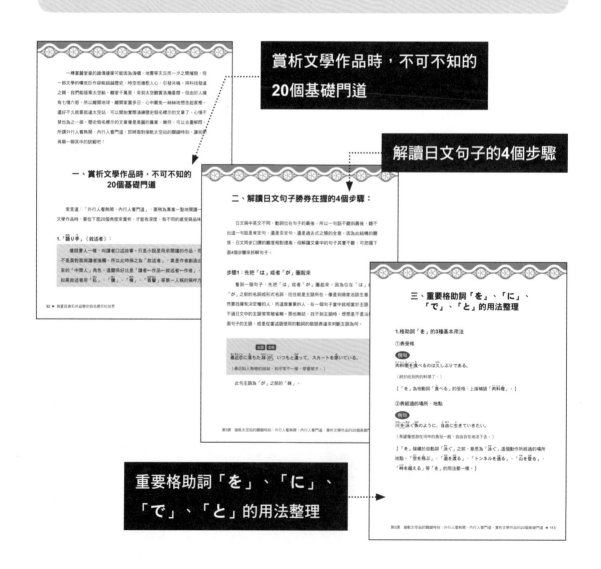

賞析文學作品時，不可不知的20個基礎門道

解讀日文句子的4個步驟

重要格助詞「を」、「に」、「で」、「と」的用法整理

## Step 5 賞析「歷史假名標示」之夏目漱石名著

第6～8課以《夢十夜》裡的最精華篇章「第一夜」、「第三夜」、「第九夜」內容為例,複習歷史假名標示,且每篇內容皆附上文法深度解析與中文翻譯,不僅能學習日語文法,也能更了解夏目漱石的文章內容,激發起研讀日本文學的興趣。

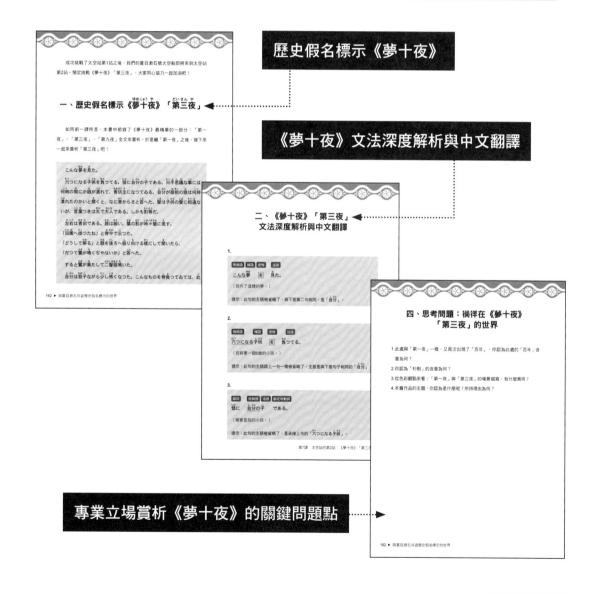

歷史假名標示《夢十夜》

《夢十夜》文法深度解析與中文翻譯

專業立場賞析《夢十夜》的關鍵問題點

# 目　錄

# 第 1 課

## 配備（1）：「歷史假名標示」 與「現代假名標示」

**學習重點：**

「歷史假名標示」的由來

學會「歷史假名標示」，一技在身，一生受用無窮

看懂「歷史假名標示的作品」，日文功力大增

不費吹灰之力，就能看得懂「歷史假名標示的作品」

日本舊鈔一千日圓上的帥哥大文豪

日本文學中最璀璨的鑽石——夏目漱石

現代假名標示的五十音圖表

歷史假名標示的五十音圖表

學習「歷史假名標示」時須注意的事項

實戰練習

　　首先歡迎大家搭乘夏目漱石號太空船。我是太空船船長曾秋桂、這一位是副船長落合由治。火箭即將發射，要帶領各位與夏目漱石共遊歷史假名標示的世界。在火箭發射之前，想必各位心中一定有些疑慮，我們先來有問必答吧！

# 一、「歷史假名標示」的由來

**Q：** 什麼叫做「歴史的仮名遣いによる創作」（歷史假名標示的作品）？

　　「歴史的仮名遣いによる創作」在本書裡，稱之為「歷史假名標示的作品」。

　　話說「歷史假名標示」的由來，它是由日本「江戸時代」（江戶時代；1603-1868）名叫「契沖」（契沖；1640-1701）的著名國學家，彙整的假名標示方式以及字音標示方式而來的。之後的「明治時代」（明治時代；1868-1912），「契沖」所彙整的假名標示方式以及字音標示方式，成為一般教育的標準。追溯至更早之前，日本「上代」（上代；～794），或是稱為「古代前期」（古代前期），當時是用「万葉仮名」（萬葉假名）標示，而「平安時代」（平安時代；794-1192），則是用「仮名」（假名）標示。雖然各有所異，但透過專門研究《万葉集》（萬葉集）的「契沖」大師的彙整，只要學習過「歷史假名標示」，印刷成冊的古典書籍，大多可以看得懂。因為伴隨著江戶時代出版業的興盛以及明治時代教育的普及，「契沖」創造的假名標示方式以及字音標示方式，早已被廣泛接受，深入社會的各個角落。

　　日本在1945年第二次世界大戰失利，成為戰敗國。1946年聯合國派遣「連合国軍最高司令官総司令部」（れんごうこくぐんさいこうしれいかんそうしれいぶ）（聯合國最高司令官總司令部，簡稱為GHQ）暫時接管日本。為提升日本的民主化，美國教育使節團強烈建議日本政府將文字標示簡單化。於是，日本政府於1946年11月16日頒布公告並即時實施，決定將「歷史假名標示」簡化成「現代仮名遣い」（げんだいかなづかい）（現代假名標示），除了日本古典文學作品使用「歷史假名標示」以外，一般現代教育則統一使用「現代假名標示」，而同時期，也開啟用羅馬字標音的序幕。

　　簡單來說，1946年之前在日本使用的文字標示，為「歴史的仮名遣い」（れきしてきかなづかい）（歷史假名標示），又稱為「旧仮名遣」（きゅうかなづかい）（舊假名標示）或「旧かな」（きゅうかな）（舊假名）。1946年之後，在日本一般教育體系之下勵行的文字標示教育，為「現代かなづかい」（げんだい）（現代假名標示），又稱為「新仮名遣」（しんかなづかい）（新假名標示）或「新かな」（しん）（新假名）。至1986年，又將「現代かなづかい」的名稱，正式明訂為「現代仮名遣い」（げんだいかなづかい）（現代假名標示），成為現行的版本。

　　假名標示的統一政策，就如同當時日本政府推行的「当用漢字」（とうようかんじ）（當用漢字）來統一漢字字體標示一樣。之後，又增加了語彙成為現今的「常用漢字」（じょうようかんじ）（常用漢字）。現在，日本學校教育或證照考試（漢字檢定考試、日語能力測驗），大多依此為標準來評定。當然在台灣也是用「現代仮名遣い」（げんだいかなづか）、「常用漢字」（じょうようかんじ）來推行日語教育。所以「現代仮名遣い」（げんだいかなづか）、「常用漢字」（じょうようかんじ）可說是在台灣推行日語教育的重要基礎。

# 二、學會「歷史假名標示」，一技在身，一生受用無窮

**Q8** 學會「歷史假名標示」，有何幫助呢？

學會「歷史假名標示」，可以傲視群雄。

所持理由有四：

一，可以出類拔萃。這幾年學習日語在台灣非常普及。每一年光大學日文系、應用日語系培養出來的畢業生，就有好幾千人，再加上高中選修日文、補習班學習日文、從日本留學回來的高材生，懂日文的人口又增加許多。據調查指出：台灣2005年參加日語能力測驗的人數占總人口的比例是世界第一。但是，你有沒有想過，在這麼多懂日文的競爭者當中，要怎麼樣才能脫穎而出？如果只懂得一些大家都懂的日文，註定將沉入茫茫人海之中。在此環境下，必勝的策略，就是日文學習程度必須加深。

二，可以展翅高飛。前面提過1946年之前的文章，是依據「歷史假名標示」書寫，而1946年之後的文章，大多依據「現代假名標示」書寫。目前在台灣接受的日語教育，當然也是依據「現代假名標示」來推行，所以在台灣接受一般日語教育的人，大多看得懂1946年之後書寫的文章。但這不包括當時已經小有名氣的作家的作品。因為這些作家往往不遵守日本政府規定統一使用的「現代假名標示」來書寫，而是用他們已經習慣的「歷史假名標示」來書寫。像這樣不按照規定、仍然還是用「歷史假名標示」書寫而留下龐大作品的大師，為數還真不少。所以在此才要強調，只

學「現代假名標示」是不夠用的，多學一項「歷史假名標示」才能出人頭地。試著想看看，1946年之前與之後有多大的差別？1946年距今，不到100年，即使算有100年，你希望只看得懂100年之內的東西呢？還是希望看得懂多100年好幾倍的東西呢？學習日文不要畫地自限。又好比說開車上路，能見度是只達100公尺就好呢？還是希望可以到達1000公尺呢？想必你心中應該有答案了吧！

三，可以用你的日文專業愛這一片土地。愛台灣不是口號，而是要用行動。台灣被日本殖民了50年，這個事實已成為台灣現代歷史的一部分。當初日本統治台灣的往返文件、政策，都是用「歷史假名標示」書寫，層層疊疊的重要文獻，由台灣文獻會管理。負責解讀的先賢、前輩們，不敵歲月或是凋零或是榮退，卻面臨後繼無人的窘境。每年台灣政府花費大把鈔票送至日本，請日本專家幫忙解讀。試想看看，台灣的現代歷史，要仰賴他國之力幫忙解讀，這是多麼不堪的一件事呀！台灣被殖民是事實，也成為歷史，無法改變。但是生活在現代台灣島的國民，卻可以掌握未來。台灣的現代歷史若要在台灣人手中完成，就要用行動表示，而此行動，必須仰賴專業的日文。

四，可以連結更多、更深的專業。比方說「急がば回れ」（欲速則不達），為什麼不說成「急げば回れ」呢？現代文的日文文法，明明就是規定假定形的用法，是已然型加「ば」！其他還有「せねばならぬ」、「せざるをえない」、「せずにはいられない」是怎麼來的？先學習「歷史假名標示」，再延續下來學習日文古典文法，一切謎團就能迎刃而解了。

# 三、看懂「歷史假名標示的作品」，
# 日文功力大增

**Q:** 看不懂「歷史假名標示的作品」，又有何損失呢？

不會歷史假名標示，可能要躲躲閃閃一生。

套一句常說的話：「因為不能預知未來，所以要買保險安心。」曾經有位就職研究機構、專精心理學的優秀朋友，要我幫忙解讀一篇「歷史假名標示」的文章。實在無法想像，這樣一位需要引用歐美的英文文獻、以心理學專攻為背景的朋友，怎麼會需要用到這般的文獻呢？但是的的確確，需要就是需要，如果不會，就只能找別人協助了。古人有云，書到用時方恨少，所以日積月累地學習是很重要的。日文的學習就像心血的累積，只要利用有限的時間好好學習，就會造就爾後的精深淵博。如此一來，若有人提到日文專業，你就可以大大方方表現，不必躲躲閃閃一生。

# 四、不費吹灰之力，
# 就能看得懂「歷史假名標示的作品」

**Q：** 學習「歷史假名標示的作品」，會很難嗎？

不會的。套一句常說的話：「遇到事情，不處理就是大事，處理了，就沒事。」

以現有的日文基礎，再往前跨一小步就可以學習得很出色。相對的，不學很可惜，甚至會遺憾終身。只要你願意抬起腳，往前跨出一步，並跟著本書前進，保證不出三個月，一定可以獨自解讀出歷史假名標示作品的含意。

# 五、日本舊鈔一千日圓上的帥哥大文豪

**Q：**「夏目漱石」是誰？

夏目漱石（夏目漱石（なつめ そうせき）；慶應3年（1867）－大正5年（1916））是日本近代的文豪之一，在日本名氣很大，無人不知、無人不曉。

這是一張日本銀行發行的千圓日幣紙鈔，使用於1984年至2004年之間。你知道這一張紙鈔上面的人頭肖像是誰嗎？答案揭曉，是夏目漱石。由此可見他的豐功偉業，是如何地受到日本國家、人民的高度肯定。

夏目漱石本名為「夏目金之助（なつめ きんのすけ）」，在8名兄弟姐妹當中排行老么。出生之後，因父親（50歲）、母親（42歲）高齡，所以借他人的奶水哺乳養育，之後馬上又被送給擺攤賣二手貨的貧窮人家扶養。但因該貧窮人家晚上擺攤工作忙碌，就把漱石擺放在一邊的草籃中，任由寒風吹襲，此景讓路過的姊姊看到，心生不捨，於是將漱石抱回家。漱石隔年2歲時，又被送到鹽原家當養子，之後因為養父母的離異，又被送回夏目家。漱石從小就像物品般被送進送出，完全感覺不到家庭的溫暖。

漱石自小喜歡閱讀，熟背中國經典古籍，立志長大後要當中國文學家。後來被長兄「大助（だいすけ）」以「鑽研中國文學，已經落伍了，在明治維新的新時代、新潮流中，不學西洋的學問，學什麼呢？」為理由規勸，進而改學西洋學問。改學西洋學問之後，興起鑽研西洋建築、未來當偉大的建築師的念頭，此時又被好友「米山保三郎（よねやまやすさぶろう）」以「花費心血營建的建築物，又能保存於人世間幾年呢？不朽的文學，才可以流芳萬世。」為理由勸阻，最後才決定以專攻英國文學為一生的志業。雖然如此，漱石心中對中國文學還是無法忘情，總覺得自己選錯專攻，被英國文學欺騙似的。

東京大學畢業之後，明治28年（1895），漱石離開東京，至西邊的四國「松山（まつやま）」任教英文，明治29年（1896），又前往更西邊的九州「熊本（くまもと）」任教。其間與名為「中根鏡子（なかねきょうこ）」的女子相親結婚、組成家庭，長女「筆子（ふでこ）」出生後，肩負著父親與丈夫的經濟重擔。明治33年（1900），獲得日本文部省官派公費留學英國的機會，將妻小寄居娘家，踏上留學英國之路。留學英國期間，適逢邁入20世紀新紀元，親眼目睹大英帝國的榮景，而思考東、西洋的國力差異，受到極大的文化衝擊。但傳回日本的妻子鏡子的耳裡，卻是「夏目金之助，得了神經衰弱症！」

作品

明治36年（1903），漱石從英國學成歸國，轉任東京大學開始教書生活。其間發表了處女作《吾輩（わがはい）は猫（ねこ）である》（我是貓；明治38年（1905）－明治39年（1906））和《坊（ぼっ）ちゃん》（少爺；明治39年

（1906）），還有以抒發「非人情」（超越世俗眼光）為主題的《草枕》
（草枕；明治39年（1906））等作品。

明治40年（1907），夏目漱石辭去東京大學教書一職，受聘為「朝日新聞社」（朝日新聞社）專欄小說家。進入朝日新聞社之後，發表的第一部小說為《虞美人草》（虞美人草；明治40年（1907））。之後以男女三角關係為主題，陸續發表了《三四郎》（三四郎；明治41年（1908））、《それから》（之後；明治42年（1909））、《門》（門；明治43年（1910）），此三部作品被稱為「第一三部作品」。

其他小說尚有《夢十夜》（夢十夜；明治41年（1907）），此為包涵佛教、基督教、神道教、藝術觀等深奧思想的短篇作品。而繼續延伸剖析近代人自私自利心理層面而成的作品，有《彼岸過迄》（直至彼岸；明治45年（1912））、《行人》（行人；大正1年（1912）－大正2年（1913））、《こころ》（心鏡；大正3年（1914）），此三部作品被稱為「第二三部作品」。之後的《道草》（道草；大正4年（1915）），為一部自傳式小說，描繪了親情與金錢糾葛無奈的一面。而辭世未完之小說《明暗》（明暗；大正5年（1916）），被譽為近代心理劇的傑作。

小說之外，還有大病初癒後所撰寫的隨筆《思ひ出す事など》（思想起；明治43年（1910））、《硝子戸の中》（玻璃屋中；大正4年（1915））等創作。

另外，晚年受到「芥川龍之介」弟子們的愛戴，弟子們之間紛傳漱石已經到達了「則天去私」（摒除私慾回歸自然）的修身境界。無論漱石是否到達此境界，總之，「則天去私」的確是漱石晚年追求的人生目標。

# 六、日本文學中最璀璨的鑽石——
# 夏目漱石

**Q：** 為什麼一定要跟夏目漱石共遊呢？

選鑽石要選最大顆的，這是亙古不變的道理。所以在有限的寶貴時間裡，要學習新的事物，必須選擇具代表性的東西。就像第一次出國要參觀的旅遊景點，當然是當地最具代表性的地方。而夏目漱石不單只是名聲響亮而已，多讀漱石的文章，可以累積日文文章的閱讀、書寫能力。像名評論家教授「大岡信」（おおおかまこと）曾經在大作《大岡信の日本語相談》（おおおかまこと　にほんごそうだん）（大岡信的日語諮詢；朝日文藝文庫，1995）中，極力推薦漱石作品，希望日文文章表達能力日漸退步的年輕人能夠多多閱讀。儘管漱石離開人世將屆百年，但漱石的作品，依然是日本最暢銷書籍排行榜的常客。他的作品也曾經有好長的一段時間，被指定為日本中學、高中教科書的題材。所以，漱石在日本是位無人不知、無人不曉的名人。如果你曾經閱讀過漱石的作品，在日本不但可以抬頭挺胸地走路，而且走起路來還會有風。

談論至此，火箭即將要發射了，請各位再確認一下安全帶是否繫好。火箭發射後，會引發腦筋混亂、暈眩、提不起勁的生理反應，也會產生想逃避的心理，這是正常的狀況。只要熬過這段過度時期的陣痛，各位就會蛻變成高人一等、胸懷壯志的超人，進而放眼宇宙、翱翔於浩瀚無涯的星際。加油！

# 七、現代假名標示的五十音圖表

先回想當初自己剛學日文的青澀模樣。當時所學的「現代假名標示的五十音圖表」就是下面所列的圖表，圖表當中一個假名也沒有少。

### 現代假名標示的五十音圖表

| 段<br>行 | ア段 | イ段 | ウ段 | エ段 | オ段 |
|---|---|---|---|---|---|
| ア行 | あ | い | う | え | お |
| カ行 | か | き | く | け | こ |
| サ行 | さ | し | す | せ | そ |
| タ行 | た | ち | つ | て | と |
| ナ行 | な | に | ぬ | ね | の |
| ハ行 | は | ひ | ふ | へ | ほ |
| マ行 | ま | み | む | め | も |
| ヤ行 | や | | ゆ | | よ |
| ラ行 | ら | り | る | れ | ろ |
| ワ行 | わ | | | | を |
| 撥音 (はつおん) | ん | | | | |

補充：ザ行　　ざ　じ　ず　ぜ　ぞ
　　　　　　　　 ‖　‖
　　　ダ行　　だ　ぢ　づ　で　ど

# 八、歷史假名標示的五十音圖表

　　試著跟前面的「現代假名標示的五十音圖表」比較看看！這裡的「歷史假名標示的五十音圖表」，有沒有和前面不一樣的地方呢？張大眼睛再仔細看看！

## 歷史假名標示的五十音圖表

| 段<br>行 | ア段 | イ段 | ウ段 | エ段 | オ段 |
|---|---|---|---|---|---|
| ★ア行 | あ | い | う | え | お |
| カ行 | か | き | く | け | こ |
| サ行 | さ | し | す | せ | そ |
| タ行 | た | ち | つ | て | と |
| ナ行 | な | に | ぬ | ね | の |
| ★ハ行 | は | ひ | ふ | へ | ほ |
| マ行 | ま | み | む | め | も |
| ★ヤ行 | や | い | ゆ | え | よ |
| ラ行 | ら | り | る | れ | ろ |
| ★ワ行 | わ | ゐ | う | ゑ | を |

補充：ザ行　　　ざ じ ず ぜ ぞ
　　　　　　　　　 ‖ ‖
　　　ダ行　　　だ ぢ づ で ど

　　首先，可以發現上面所列的「歷史假名標示的五十音圖表」中完全沒有空格，全部填滿了字。比起有空缺的「現代假名標示的五十音圖表」，字數多出了許多。特別是位在「ワ行」的第二個字「ゐ」和第四個字「ゑ」的這兩個字，從來都沒見過。那是什麼呢？那不是火星文，它的發音和各位熟悉的「い」、「え」一樣，「ゐ」唸音為「い」，「ゑ」唸音為「え」。接著提醒須特別留意標示有「★」記號的「ア行」、「ハ行」、「ヤ行」、「ワ行」等四行，這四行在學習歷史假名標示時，容易被搞得暈頭轉向，請注意。

# 九、學習「歷史假名標示」時須注意的事項

　　為了方便說明，本書將使用羅馬拼音來輔助。不過日本現行的羅馬拼音方式，還沒有出現固定非用此不可的通則。於是，權宜之下，本書以在台灣市占率頗高、普遍使用於教授日文文書處理之日文輸入方式上、且日文初學者常使用的課本《新文化日本語初級1》中所刊載的羅馬拼音為依據，進行下面的說明。

（一）非特殊情況：語彙的第一個假名，如果是「ハ行」的任何一字時，請照常唸出。不會出現唸音與標音不同的情況。例如「は、ひ、ふ、へ、ほ」此行，原音重現為「ha、hi、hu（或fu）、he、ho」。

　　　說明：花（花）＝はな＝[ha na]
　　　　　　火箸（火鉗）＝ひばし＝[hi ba si（或shi）]
　　　　　　文（信）＝ふみ＝[hu（或fu） mi]
　　　　　　部屋（房間）＝へや＝[he ya]
　　　　　　星（星星）＝ほし＝[ho si（或shi）]

（二）特殊情況：語彙的第二個假名以下（包含第二個假名），如果是「ハ行」的話，就會出現唸音與標音不同的情況。例如雖然標記為「は、ひ、ふ、へ、ほ」，唸音須為「wa、i、u、e、o」。簡單來說，要將標音的「ハ行」，視為唸音的「ワ行」。須勤加練習到一眼就看出唸音與標音不同的地方，並能馬上唸出發音。

說明：川（河川）＝かわ＝[ka wa]

宵（晚上）＝よい＝[yo i]

言ふ（說）＝いう＝[i u]

庵（草庵）＝いおり＝[i o ri]

（三）例外情況：上述的兩點是一般的原則，原則之外還是有例外情形，例如一些原本就有的語彙或複合名詞不用改唸，只要按照原先「ハ行」直接唸出，不會出現唸音與標音不同的情況。

說明：甚だ（很）＝はなはだ＝[ha na ha da]

行かまほし（想去／希望對方能來）

＝いかまほし＝[i ka ma ho si（或shi）]

溢る（洋溢）＝あふる＝[a hu（或fu） ru]

初花（今年剛開的花）＝はつはな＝[ha tu（或tsu） ha na]

綱引き（拔河）＝つなひき＝[tu（或tsu） na hi ki]

稲穂（稻穗）＝いなほ＝[i na ho]

（四）接續動詞未然形（簡稱為第一變化）之後的助動詞「む」，雖然標示為「む」，但唸音要唸為「ん」。此時出現了標音與唸音的不同。在古文文法中，將此稱呼為「推量助動詞」，表示推量（だろう）或意志（よう）。

說明：行かむ（想去）＝行かん＝[i ka n]

（五）長音的轉音，常見的約有以下4種情況。熟記此4種情況之後，一切就簡單多了。做練習題時，把此規則擺在手邊，即可迎刃而解。

1. アウ＝オー＝[au]＝[ō] 【[ō]在本書中是指[oo]，發音發兩拍，即發長音之意。】

   說明：会ふ（見面）＝あう＝[a̲ u̲]＝[ō]

2. オウ＝オー＝[ou]＝[ō]

   說明：追ふ（追逐）＝おう＝オー＝[o̲ u̲]＝[ō]

   　　　小路（小徑）＝こうじ＝[ko̲ u̲ ji]＝[kō̲ ji]

3. イウ＝ユー＝[iu]＝[yū] 【[yū]在本書中是指「ゆう」之意。】

   說明：言ふ（說）＝いう＝ユー＝[yū]

4. エウ＝ヨー＝[eu]＝[yō] 【[yō]在本書中是指「よう」之意。】

   說明：要する（總之）＝ヨーする＝[yō su ru]

# 十、實戰練習

## ◈ 用例說明

（一）標示「蝶」（蝴蝶），要唸成「蝶<sup>ちょう</sup>」。

過程說明：

蝶 ＝ てふ ＝ てう ＝ teu ＝ tyō ＝ chō ＝ ちょう

（二）標示「今日」（今天），要唸成「今日<sup>きょう</sup>」。

過程說明：

今日 ＝ けふ ＝ けう ＝ keu ＝ kyō ＝ きょう

（三）「ありがたい」＋「ございます」，會變成「ありがとうございます」
的唸音。

過程說明：

　　「ありがたい」（感激）為現代日語的形容詞，古語形式則為「あ
りがたし」。當要接「ございます」時，要用「ありがたし」的連用
形「ありがたく」來接續，此時會產生「ウ音便」，成為「ありがた
う」。形容詞的「ウ音便」雖然已經消失在現代日語的語法之中，但實
際上，由形容詞的「ウ音便」轉化而來的現代日文「ありがとうござい
ます」，卻無時無刻出現在現代生活當中。

轉化過程圖示如下：

ありがたい＋ございます：

> 改成古文
> 「ありがたい」 → 「ありがたし」 → 「ありがたく」 →
> 找出連用形                              產生ウ音便

> 適用長音轉化
> 「ありがたう」 → 「ありがとう」

羅馬拼音標示：

> 改成古文                                          找出連用形
> [a ri ga ta i] → [a ri ga ta si（或shi）] →

> 產生ウ音便                    適用長音轉化
> [a ri ga ta ku] → [a ri ga ta u] →

> 適用長音轉化              適用長音轉化
> [a ri ga ta u] → [a ri ga tō] → 「ありがとう」

　　於是，「ありがたい」＋「ございます」，就變成了「ありがとう
ございます」。

（四）「久しい」＋「ございます」，會變成「久しゅうございます」的唸
音。

過程說明：

　　這又是從古文形容詞的「ウ音便」轉化而來的一例。「久しい」為
現代日語的形容詞，古語形式則為「久し」。當要接「ございます」

時，要用「久<sup>ひさ</sup>し」的連用形「久<sup>ひさ</sup>しく」來接續，此時會產生「ウ音便」，成為「久<sup>ひさ</sup>しう」。形容詞的「ウ音便」雖然已經消失在現代日語的語法之中，但實際上，由形容詞的「ウ音便」轉化而來的現代日文「久<sup>ひさ</sup>しゅうございます」，卻常出現在現代生活當中。

轉化過程圖示如下：

久<sup>ひさ</sup>しい＋ございます：

| 改成古文 | | 找出連用形 | | 產生ウ音便 |
|---|---|---|---|---|
| 「久<sup>ひさ</sup>しい」 | → | 「久<sup>ひさ</sup>し」 | → | 「久<sup>ひさ</sup>しく」 | → | 「久<sup>ひさ</sup>しう」 |

適用長音轉化

→ 「久<sup>ひさ</sup>しゅう」

羅馬拼音標示：

改成古文　　　　　　　找出連用形

[hi sa si（或shi）i] → [hi sa si（或shi）] →

產生ウ音便　　　　　　適用長音轉化

[hi sa si（或shi）ku] → [hi sa si（或shi）u] →

適用長音轉化　　適用長音轉化　　適用長音轉化

[hi sa si u] → [hi sa syū] → [hi sa shyū] →

「久<sup>ひさ</sup>しゅう」

於是，「久<sup>ひさ</sup>しい」＋「ございます」，會變成「ひさしゅうございます」。

學會了嗎？可能還不太適應，但習慣成自然，相信你一定可以學會！先深呼吸一下，趁記憶猶新之際，再做下面的練習題看看吧！

## ❀ 練習題 ❀

1. 為什麼「おめでたい」＋「ございます」，會變成「おめでとうございます」的唸音呢？

2. 為什麼「よろしい」＋「ございます」，會變成「よろしゅうございます」的唸音呢？

# 第2課
# 危機演習：《我是貓》的歷史假名標示

**學習重點：**

●區隔「現代假名標示」與「歷史假名標示」的使用效能

●書寫直接用現代假名標示

●解讀用歷史假名標示來輔助

●以夏目漱石的《我是貓》當作實例演練

　　再次重申，今日所學的「歴史的仮名遣い」（歷史假名標示），並非要使用它來書寫。書寫日文作文、日文專題、日文書信文等情況，只要使用「現代仮名遣い」（現代假名標示）來書寫就可以。學習「歴史的仮名遣い」當作利器，主要目的是要看得懂更多的文章、文學作品、文獻資料，藉此不要故步自封、畫地自限只學習「現代仮名遣い」，最終的目標是力求全方位學習日文，增強實力、百戰百勝。

　　本課為實際應用第1課學習過的「歴史的仮名遣い」的練習單元，練習範本為漱石的出世之作《我是貓》。本課著重在練習唸得出語彙的唸音，至於文章結構解讀部分，留待第3、4、5課再來實際演練、充實能力。

　　自古以來，不論是日本傳統的古典文學作品，或近、現代的文學作品，都非常重視作品一開頭的部分。作品一開頭的部分，在日文中稱為「冒頭部分」（開頭部分），常常是日本大學聯考或研究所入學考試的命題重點。因為在日本普遍認為「冒頭部分」就可以涵蓋整部小說的精華，就像一位作家的出世之作，往往跟他之後創作出的文學作品的主題，有著密不可分的關係。簡言之，出世之作幾乎可以涵蓋作家花費一生在文學上的經營。因此，本課擷取漱石的出世之作《我是貓》作品「冒頭部分」的一部分，當作範本實際演練、學習。

# 一、實例演練：

歷史假名標示《我是貓》作品「冒頭部分」的一部分

吾輩は猫である。名前はまだ無い。

どこで生れたか頓と見當がつかぬ。何でも薄暗いじめじめした所でニヤーニヤー泣いて居た事丈は記憶して居る。吾輩はこゝで始めて人間といふものを見た。然もあとで聞くとそれは書生といふ人間中で一番獰惡な種族であつたさうだ。此書生といふのは時々我々を捕へて煮て食ふといふ話である。然し其當時は何といふ考もなかつたから別段恐しいとも思はなかつた。但彼の掌に載せられてスーと持ち上げられた時何だかフハフハした感じが有つた許りである。掌の上で少し落ち付いて書生の顔を見たのが所謂人間といふものゝ見始であらう。此時妙なものだと思つた感じが今でも殘つて居る。第一毛を以て裝飾されべき筈の顔がつるつるして丸で藥罐だ。其後猫にも大分逢つたがこんな片輪には一度も出會はした事がない。加之顔の眞中が餘りに突起して居る。そうして其穴の中から時々ぷうぷうと烟を吹く。どうも咽せぽくて實に弱つた。是が人間の飲む烟草といふものである事は漸く此頃知つた。

# 二、看「歷史的仮名遣い」文章時，應注意的四大通則

## 通則（1）：「歷史的仮名遣い」文章中的「つ」

看習慣日文現代文章的人，會發現該是促音「っ」的地方，在歷史假名標示文章中，都是以「つ」的形態出現。的確是這樣沒錯，真是好眼力。切記，此時會產生標音跟唸音不同的情況，也就是雖然標示了「つ」，但要唸成促音「っ」。

例如： ちょつと（一寸）＝ちょっと　　しつた（知つた）＝知った

であつた＝であった　　なかつた＝なかった

## 通則（2）：「歷史的仮名遣い」文章中的疊字記號

接下來要談的疊字記號，在現代日文中也很常見。常見的疊字記號有下面五種。

第一種：「ゝ」，此為同一個假名連續出現，在第二次出現時的標記方式。

例如： こころ（心）＝こゝろ　　すすめ（勧め）＝すゝめ

ふたたび（再び）＝ふたゝび

あたたかい（暖かい）＝あたゝかい

第二種：「ゞ」，此為第一個假名為清音，而第二個假名為第一個假名的濁音時的標記方式。

例如： ただ（只）＝たゞ　　すず（鈴）＝すゞ

第三種：「々」，此為同一個漢字連續出現，在第二次出現時的標記方式。此時只看漢字即可，不用管假名是否為濁音。

例如： ますます＝益々　　　ときどき＝時々

せきらら＝赤裸々　　　ここ＝個々

そうぞうしい＝騒々しい

なまなましい＝生々しい

第四種：像「ますます」這種用假名標示的語彙，是第一個「ます」，再後接第二個「ます」而成，「いよいよ」亦相同。標示方式須占兩格：

/

\

例如：

ま

す

/

\

從上面用例，在文章閱讀上，應該明白疊字記號標示的意思了吧。至於要引用這類文章時，就要特別注意了，因為第四種疊字記號的標示，在古文中，只有用直寫格式標示。

日本國內，在人文社會領域方面，或多或少還看得到日文直寫的書籍或期

刊出版。近年來，幾乎所有的書籍或期刊，皆以橫寫的方式問世。第四種疊字記號的標示，要將引用文引用到直寫格式的文章時，當然不會有問題，可是要將引用文引用到橫寫格式的文章時，就會出現令人頭痛的問題了。問題在於，該把出現在第三、四字處的記號，讓它方向朝上或朝下呢？有關這一點，意見分歧，尚未有定論。但在規定出來前，我在指導學生時，通常要學生加上「註記」說明處理方式。處理方式是將疊字四個字全部復原寫出。建議你不妨也如此處理。

第五種：像「それぞれ」這種用假名標示的語彙，是第一個「それ」，再後接第二個「ぞれ」而成。標示方式須占兩格：

ゞ

＼

例如：

そ

れ

ゞ

＼

此時的標示情形，也會遇到像上述第四種疊字的橫寫標示問題。建議在規定出來前，仍然加上「註記」說明處理方式。處理方式為將疊字四個字全部復原寫出。

## 通則（3）：「歷史的仮名遣い」文章中的「拗音」標示

「きゃ」、「きゅ」、「きょ」此類假名在日文中稱為「拗音」，書寫在稿紙上時須占兩格，而且「き」比「ゃ」很明顯地字體要大上一些。不過，在歷史假名標示文章中，你有沒有發現，「き」和「や」在字體上，大小是一樣的？沒錯，這就是歷史假名標示的通則。放心！只要多看歷史假名標示的文章，就會漸漸習慣。

## 通則（4）：「歷史的仮名遣い」文章中的漢字唸音

「歷史的仮名遣い」文章中，出現的漢字通常是「旧漢字」（舊漢字），而不是「常用漢字」（常用漢字）。這樣的差別，可以想像成台灣使用的「繁體字」與中國大陸使用的「簡體字」之間的不同。如果「旧漢字」相當於台灣使用的「繁體字」的話，那麼「常用漢字」就相當於中國大陸使用的「簡體字」。但是即使是如此，遇到不會唸的漢字時，《日華字典》可能就不夠用了，此時日本出版的《新字源》（新字源）、《大漢和辭典》（大漢和辭典），裡面網羅了豐富的漢字、漢語、典故，才能派上用場。有些簡單的技巧說明如下：

1.「其」的唸音：單純一個字時，就唸「其（それ）」。如果下面有接名詞時，就唸「其時（そのとき）」。

2.「此」的唸音：單純一個字時，就唸「此（これ）」。如果下面有接名詞時，就唸「此人（このひと）」。

3.「加之」的唸音為「加之（のみならず）」。這不是純種的漢字，而是日文中的新語彙，所以日本出版的《新字源》、《大漢和辭典》中查不到。但是不要擔心，只要

多看多學，日子久了，便能具備看得懂的能力。像是漱石所寫的小說，旁邊都會標上唸音，是學習歷史假名標示文章的好教材，建議可以多多使用。

# 三、「歴史的仮名遣<sub>れきしてきかなづか</sub>い」《我是貓》之唸音解析

1. 「見當<sub>けんたう</sub>」＝[ke n ta u]＝[ke n tō]＝けんとう＝見当<sub>けんとう</sub>

2. 「居<sub>る</sub>る」＝居<sub>い</sub>る

   【歴史假名標示的「ゐ」，視為「い」。】

3. 「こゝ」＝ここ

   【「ゝ」為疊字的記號，重複前面的假名。】

4. 「書生<sub>しよせい</sub>」＝書生<sub>しょせい</sub>

   【歴史假名標示的「拗音<sub>ようおん</sub>」（拗音），字體一様大小。】

5. 「いふ」＝[i u]＝[yū]＝いう＝言<sub>い</sub>う

6. 「獰惡<sub>だうあく</sub>」＝[da u a ku]＝[dō a ku]＝どうあく＝獰悪<sub>どうあく</sub>

7. 「であつた」＝であった

   【歴史假名標示的「つ」，視為「っ」。】

8. 「さうだ」＝[sa u da]＝[sō da]＝そうだ

9. 「捕<sub>つかま</sub>へて」＝捕<sub>つかま</sub>えて

   【歴史假名標示的「ハ行<sub>ぎょう</sub>」，位於第二假名之後的唸音轉變。】

10. 「食<sub>く</sub>ふ」＝食<sub>く</sub>う

    【歴史假名標示的「ハ行<sub>ぎょう</sub>」，位於第二假名之後的唸音轉變。】

11. 「當時<sub>たうじ</sub>」＝[ta u zi（或ji）]＝[tō zi（或ji）]＝とうじ＝当時<sub>とうじ</sub>

12. 「考<sub>かんがへ</sub>」＝考<sub>かんがえ</sub>

    【歴史假名標示的「ハ行<sub>ぎょう</sub>」，位於第二假名之後的唸音轉變。】

13.「思<sup>おも</sup>はなかつた」＝思<sup>おも</sup>わなかった

【歷史假名標示的「ハ行<sup>ぎょう</sup>」，位於第二假名之後的唸音轉變。】與

【歷史假名標示的「つ」，視為「っ」。】

14.「但<sup>ただ</sup>」＝ただ

【「ゞ」為疊字的記號，重複前面的清音假名之濁音標記。】

15.「上<sup>うへ</sup>」＝上<sup>うえ</sup>

【歷史假名標示的「ハ行<sup>ぎょう</sup>」，位於第二假名之後的唸音轉變。】

16.「顔<sup>かほ</sup>」＝顔<sup>かお</sup>

【歷史假名標示的「ハ行<sup>ぎょう</sup>」，位於第二假名之後的唸音轉變。】

17.「所謂<sup>いはゆる</sup>」＝所謂<sup>いわゆる</sup>

【歷史假名標示的「ハ行<sup>ぎょう</sup>」，位於第二假名之後的唸音轉變。】

18.「であらう」＝[de a ra u]＝[de a rō]＝であろう

19.「妙<sup>めう</sup>」＝[me u]＝[myō]＝みょう＝妙<sup>みょう</sup>

20.「裝飾<sup>さうしょく</sup>」＝[sa u syo ku]＝[sō syo ku]＝そうしょく＝裝飾<sup>そうしょく</sup>

21.「藥罐<sup>やくわん</sup>」＝[ya ku wa n]＝[ya ka n]＝やかん＝藥罐<sup>や かん</sup>

【「u」與「w」無聲化，消失不用所致。】

22.「出會<sup>でく</sup>はした」＝出会<sup>でく</sup>わした

【歷史假名標示的「ハ行<sup>ぎょう</sup>」，位於第二假名之後的唸音轉變。】

23.「漸<sup>やうや</sup>く」＝[ya u ya ku]＝[yō ya ku]＝ようやく＝漸<sup>ようや</sup>く

看得懂歷史假名標示《我是貓》的文章之後，再看下面所列出的現代假名標示《我是貓》，是不是覺得熟悉、簡單多了呢！雖然閱讀上輕鬆許多，但是如果要學習更多且紮實的漢字唸音，還是要多看歷史假名標示《我是貓》的文章，比較有用處。

# 四、「現代仮名遣い」《我是貓》

　吾輩は猫である。名前はまだ無い。

　どこで生れたかとんと見当がつかぬ。何でも薄暗いじめじめした所でニャーニャー泣いていた事だけは記憶している。吾輩はここで始めて人間というものを見た。しかもあとで聞くとそれは書生という人間中で一番獰悪な種族であったそうだ。この書生というのは時々我々を捕えて煮て食うという話である。しかしその当時は何という考もなかったから別段恐しいとも思わなかった。ただ彼の掌に載せられてスーと持ち上げられた時何だかフワフワした感じがあったばかりである。掌の上で少し落ちついて書生の顔を見たのがいわゆる人間というものの見始であろう。この時妙なものだと思った感じが今でも残っている。第一毛をもって装飾されべきはずの顔がつるつるしてまるで薬缶だ。その後猫にもだいぶ逢ったがこんな片輪には一度も出会わした事がない。のみならず顔の真中があまりに突起している。そうしてその穴の中から時々ぷうぷうと煙を吹く。どうも咽せぽくて実に弱った。これが人間の飲む煙草というものである事はようやくこの頃知った。

# 披露你不可不知有關漱石的內幕

### ❶ 漱石本名的由來

　　漱石於1867年2月9日（農曆1月5日）申時，出生在「江戶牛込馬場下橫丁」（東京都新宿区牛込喜久井町一番地）。父親在當地非常有名，本書封面右下角的圖案，就是夏目家的家徽。由於1月5日為「庚申の日」（庚申日），加上出生時辰為「申の刻」（申時），所以算命先生鐵口直斷：「此時辰出生的人，日後不是大富大貴，就是強盜、小偷。」由於夏目家希望漱石可以得到金錢的幫助，不愁吃不愁穿，因此幫他取名為「金之助」，祈求漱石在獲得金錢的庇佑之後，不用作奸犯科。

## ❷ 漱石筆名的由來

　　該筆名原取自中國典故《晉書》「蒙求」篇章中的「枕石漱流」，但漱石誤植成「漱石枕流」卻頑固不肯修正，因此仍然使用「漱石<ruby>そうせき</ruby>」為筆名。由此筆名典故衍生出的案外案，不難發現漱石固執的一面。明治22年9月，「金之助<ruby>きんのすけ</ruby>」效法文人間詩文酬答，將創作的漢詩文集《木屑錄<ruby>もくせつろく</ruby>》（木屑錄）寄給「正岡子規<ruby>まさおかしき</ruby>」（正岡子規；1867-1902，為日本近代和歌、短歌的改革者）時，署名「漱石頑夫<ruby>そうせきがんぶ</ruby>」。而在這之前的同年5月，想請文人同儕眉批的正岡子規，將創作的漢詩集《七艸集<ruby>ななくさしゅう</ruby>》（七草集）寄給金之助，金之助眉批署名為「漱石<ruby>そうせき</ruby>」，而此筆名，正岡子規也曾經使用過。由於兩人對「漱石<ruby>そうせき</ruby>」這個筆名有著同樣的喜好，因此從明治22年起兩人開始密切交往。漱石還曾經在明治22年9月27日寫給正岡子規的書信當中，寫著「郎君より<ruby>ろうくん</ruby>」（寄自郎君）、「妾へ<ruby>あなた</ruby>」（寫給愛人）來戲稱彼此，由此可見兩人深厚的交情。

# ❀ 練習題 ❀

　　練習題是「歷史假名標示」的《我是貓》的文章。已從文章中挑出15個較難的歷史假名標示。請將此15個歷史假名標示，加上推演過程的說明，推演出現代假名標示。

<br>

　　<ruby>借邸<rt>さてやしき</rt></ruby>へは<ruby>忍<rt>しの</rt></ruby>び<ruby>込<rt>こ</rt></ruby>んだものゝ<ruby>是<rt>これ</rt></ruby>から<ruby>先<rt>さき</rt></ruby>どうして<ruby>善<rt>よ</rt></ruby>いか<ruby>分<rt>わか</rt></ruby>らない。<ruby>其内<rt>そのうち</rt></ruby>に<ruby>暗<rt>くら</rt></ruby>くなる、<ruby>腹<rt>はら</rt></ruby>は<ruby>減<rt>へ</rt></ruby>る、<ruby>寒<rt>さむ</rt></ruby>さは<ruby>寒<rt>さむ</rt></ruby>し、<ruby>雨<rt>あめ</rt></ruby>が<ruby>降<rt>ふ</rt></ruby>つて<ruby>來<rt>く</rt></ruby>るといふ<ruby>始末<rt>しまつ</rt></ruby>でもう<ruby>一刻<rt>いつこく</rt></ruby>も<ruby>猶豫<rt>いうよ</rt></ruby>が<ruby>出來<rt>でき</rt></ruby>なくなつた。<ruby>仕方<rt>しかた</rt></ruby>がないから<ruby>兎<rt>と</rt></ruby>に<ruby>角<rt>かく</rt></ruby><ruby>明<rt>あか</rt></ruby>るくて<ruby>暖<rt>あたゝ</rt></ruby>かさうな<ruby>方<rt>はう</rt></ruby>(1)へ<ruby>方<rt>はう</rt></ruby>へとあるいて<ruby>行<rt>い</rt></ruby>く。<ruby>今<rt>いま</rt></ruby>から<ruby>考<rt>かんが</rt></ruby>へると<ruby>其時<rt>そのとき</rt></ruby>は<ruby>既<rt>すで</rt></ruby>に<ruby>家<rt>いへ</rt></ruby>の<ruby>内<rt>うち</rt></ruby>に<ruby>這入<rt>はい</rt></ruby>(2)つて<ruby>居<rt>を</rt></ruby>つたのだ。こゝで<ruby>吾輩<rt>わがはい</rt></ruby>は<ruby>彼<rt>か</rt></ruby>の<ruby>書生<rt>しよせい</rt></ruby><ruby>以外<rt>いぐわい</rt></ruby>(3)の<ruby>人間<rt>にんげん</rt></ruby>を<ruby>再<rt>ふたゝ</rt></ruby>び<ruby>見<rt>み</rt></ruby>るべき<ruby>機會<rt>きくわい</rt></ruby>(4)に<ruby>遭遇<rt>さうぐう</rt></ruby>(5)したのである。<ruby>第一<rt>だいいち</rt></ruby>に<ruby>逢<rt>あ</rt></ruby>つたのがおさんである。<ruby>是<rt>これ</rt></ruby>は<ruby>前<rt>まへ</rt></ruby>の<ruby>書生<rt>しよせい</rt></ruby>より<ruby>一層<rt>いつそう</rt></ruby><ruby>亂暴<rt>らんばう</rt></ruby>(6)な<ruby>方<rt>はう</rt></ruby>で<ruby>吾輩<rt>わがはい</rt></ruby>を<ruby>見<rt>み</rt></ruby>るや<ruby>否<rt>いな</rt></ruby>やいきなり<ruby>頸筋<rt>くびすじ</rt></ruby>をつかんで<ruby>表<rt>おもて</rt></ruby>へ<ruby>抛<rt>はふ</rt></ruby>(7)り<ruby>出<rt>だ</rt></ruby>した。いや<ruby>是<rt>これ</rt></ruby>は<ruby>駄目<rt>だめ</rt></ruby>だと<ruby>思<rt>おも</rt></ruby>つたから<ruby>眼<rt>め</rt></ruby>をねぶつて<ruby>運<rt>うん</rt></ruby>を<ruby>天<rt>てん</rt></ruby>に<ruby>任<rt>まか</rt></ruby>せて<ruby>居<rt>ゐ</rt></ruby>た。<ruby>然<rt>しか</rt></ruby>しひもじいのと<ruby>寒<rt>さむ</rt></ruby>いのにはどうしても<ruby>我慢<rt>がまん</rt></ruby>が<ruby>出來<rt>でき</rt></ruby>ん。<ruby>吾輩<rt>わがはい</rt></ruby>は<ruby>再<rt>ふたゝ</rt></ruby>びおさんの<ruby>隙<rt>すき</rt></ruby>を<ruby>見<rt>み</rt></ruby>て<ruby>臺所<rt>だいどころ</rt></ruby>へ<ruby>這<rt>は</rt></ruby>ひ<ruby>上<rt>あが</rt></ruby>(8)つた。すると<ruby>間<rt>ま</rt></ruby>もなく<ruby>又<rt>また</rt></ruby><ruby>投<rt>な</rt></ruby>げ<ruby>出<rt>だ</rt></ruby>された。<ruby>吾輩<rt>わがはい</rt></ruby>は<ruby>投<rt>な</rt></ruby>げ<ruby>出<rt>だ</rt></ruby>されては<ruby>這<rt>は</rt></ruby>ひ<ruby>上<rt>あが</rt></ruby>り、<ruby>這<rt>は</rt></ruby>ひ<ruby>上<rt>あが</rt></ruby>つては<ruby>投<rt>な</rt></ruby>げ<ruby>出<rt>だ</rt></ruby>され、<ruby>何<rt>なん</rt></ruby>でも<ruby>同<rt>おな</rt></ruby>じ<ruby>事<rt>こと</rt></ruby>を<ruby>四五遍<rt>しごへん</rt></ruby><ruby>繰<rt>く</rt></ruby>り<ruby>返<rt>かへ</rt></ruby>したのを<ruby>記憶<rt>きおく</rt></ruby>して<ruby>居<rt>ゐ</rt></ruby>る。<ruby>其時<rt>そのとき</rt></ruby>におさんと<ruby>云<rt>い</rt></ruby>ふ<ruby>者<rt>もの</rt></ruby>はつくづくいやになつた。<ruby>此間<rt>このあひだ</rt></ruby>おさんの<ruby>三馬<rt>さんま</rt></ruby>を<ruby>偸<rt>ぬす</rt></ruby>んで<ruby>此返報<rt>このへんばう</rt></ruby>(9)をしてやつてから、やつと<ruby>胸<rt>むね</rt></ruby>の<ruby>痞<rt>つかへ</rt></ruby>が<ruby>下<rt>お</rt></ruby>りた。<ruby>吾輩<rt>わがはい</rt></ruby>が<ruby>最後<rt>さいご</rt></ruby>につまみ<ruby>出<rt>だ</rt></ruby>され<ruby>様<rt>やう</rt></ruby>としたときに、<ruby>此家<rt>このうち</rt></ruby>の<ruby>主人<rt>しゆじん</rt></ruby>が<ruby>騷々<rt>さうざう</rt></ruby>(10)しい<ruby>何<rt>なん</rt></ruby>だといひながら<ruby>出<rt>で</rt></ruby>て<ruby>來<rt>き</rt></ruby>た。<ruby>下女<rt>げぢよ</rt></ruby>(11)は<ruby>吾輩<rt>わがはい</rt></ruby>をぶら<ruby>下<rt>さ</rt></ruby>げて<ruby>主人<rt>しゆじん</rt></ruby>(12)の<ruby>方<rt>はう</rt></ruby>へ<ruby>向<rt>む</rt></ruby>(13)けて<ruby>此宿<rt>このやど</rt></ruby>なしの<ruby>小猫<rt>こねこ</rt></ruby>がいくら<ruby>出<rt>だ</rt></ruby>しても<ruby>出<rt>だ</rt></ruby>しても<ruby>御臺所<rt>おだいどころ</rt></ruby>(14)へ<ruby>上<rt>あが</rt></ruby>

つて來て困りますといふ。主人は鼻の下の黒い毛を撚りながら吾輩の顔を暫らく眺めて居つたが、やがてそんなら内へ置いてやれといつたまゝ奥へ這入つて仕舞つた。主人は餘り口を聞かぬ人と見えた。下女は口惜しさうに吾輩を臺所へ抛り出した。かくして吾輩は遂に此家を自分の住家と極める事にしたのである。
(15)

（１）猶豫

（２）暖かさうな

（３）考へる

（４）機會

（５）遭遇

（６）一層亂暴

（７）抛り出した

（８）這ひ上つた

（９）此返報

（10）痞

（11）樣

（12）主人

（13）騒々しい

（14）下女

（15）遂に

# 五、參考：現代假名標示《我是貓》

さて邸へは忍び込んだもののこれから先どうして善いか分らない。その
うちに暗くなる、腹は減る、寒さは寒し、雨が降って来るという始末で
もう一刻の猶予が出来なくなった。仕方がないからとにかく明るくて暖
かそうな方へ方へとあるいて行く。今から考えるとその時はすでに家の
内に這入っておったのだ。ここで吾輩は彼の書生以外の人間を再び見る
べき機会に遭遇したのである。第一に逢ったのがおさんである。これは
前の書生より一層乱暴な方で吾輩を見るや否やいきなり頸筋をつかん
で表へ抛り出した。いやこれは駄目だと思ったから眼をねぶって運を天
に任せていた。しかしひもじいのと寒いのにはどうしても我慢が出来
ん。吾輩は再びおさんの隙を見て台所へ這い上った。すると間もなくま
た投げ出された。吾輩は投げ出されては這い上り、這い上っては投げ出
され、何でも同じ事を四五遍繰り返したのを記憶している。その時にお
さんと云う者はつくづくいやになった。この間おさんの三馬を偸んでこ
の返報をしてやってから、やっと胸の痞が下りた。吾輩が最後につまみ
出されようとしたときに、この家の主人が騒々しい何だといいながら出
て来た。下女は吾輩をぶら下げて主人の方へ向けてこの宿なしの小猫が
いくら出しても出しても御台所へ上って来て困りますという。主人は鼻
の下の黒い毛を撚りながら吾輩の顔をしばらく眺めておったが、やがて

そんなら内へ置いてやれといったまま奥へ這入ってしまった。主人はあまり口を聞かぬ人と見えた。下女は口惜しそうに吾輩を台所へ抛り出した。かくして吾輩はついにこの家を自分の住家と極める事にしたのである。

# 第3課

# 配備（2）：一個句子的誕生

**學習重點：**

●認識日文文章的結構的重要性

●「主語＋述語」組成的日文基本句型

●日文的「修飾語」種類以及用法

●日文的「補語」的用法

　　首先恭喜各位已經通過危機演習，平安穿越大氣層，進入到無重力的狀態。接下來只要「按圖索驥」，便能順利到達太空站。而在順利到達太空站之前，我們需要花一些時間來聊一聊「按圖索驥」的具體內容。

　　在此提到的「按圖索驥」，就是沿著軌道探索宇宙（夏目漱石作品）的奧妙世界。而此軌道，簡單來說，就是「日文文章的結構」。為什麼要學習文章的結構呢？因為一般學習者若能對日文文章結構有所認識，就能輕易掌握文意，不會用揣測的方式做出似是而非的解讀。所以，只要能養成「按圖索驥」的敏銳度，之後遇到再難的文章，都不會被難倒。

　　而提到「日文文章的結構」，就不得不從日文基本句型談起。日文最基本的句型中，有「主語」和「述語」兩個重要元素。「主語」一定是名詞或形式名詞才可以擔任，而「述語」則可以為名詞、形式名詞、形容詞（又稱為イ形容詞）、形容動詞（又稱為ナ形容詞）、動詞等其中之一種。除了「主語」和「述語」這兩個重要的元素之外，還須特別留意中文所沒有的日文「格助詞」。因為有了它，才能串連起重要的兩個元素「主語」和「述語」，組織成日文的基本句型，一一說明如下。

# 一、主語＋述語

| 主語 | 係助詞 | 述語 | 斷定助動詞 |
|------|--------|------|-----------|

これ　　は　　花<sub>はな</sub>　　です。

（這是花。）

　　上面的句子，是非常典型的例句。此日文基本句型的主語為「これ」，述語為「花<sub>はな</sub>」。將此兩個元素串連成一個基本句型，則需要靠係助詞「は」（唸音wa，表主題提示）的效力。而語尾結束的文體表現，則仰賴斷定助動詞「です」（美化體）。此句中文意思為「這是花」，像這樣的一個句子，可謂日文入門的最基本句型。另外，有沒有發現一句日文的結束是用符號「。」（句点<sub>くてん</sub>；句號）來斷句？當看一大段文章時，不妨利用斷句符號「。」切割成一個單位來解讀，這樣就可避免因句子的長度過長、容易被耍得團團轉的情況。

　　日文基本句型「主語＋述語」，可以理解成料理的基本菜色。當然日文不會那麼單一化，一般來說，基本句型中會摻入「修飾語」這樣的元素來修飾，讓句子加長、意思更多樣，此時可以理解成用調味料來豐富、變化基本菜色的味道。接下來介紹日文的「修飾語」種類以及用法。

# 二、修飾語

　　日文中的「修飾語」，基本上可以細分為：「連體修飾語」、「連用修飾語」、「並列修飾語」等3種。


## 1.連體修飾語

　　第一種的「連體修飾語」，是要修飾後面接續的「名詞」，可以當「修飾語」使用的有：「名詞」（後接名詞時須加上「の」，例如：「私の本」）、「形容詞」（連體形，例如：「安いホテル」）、「形容動詞」（連體形，例如：「綺麗な島」）、「動詞」（連體形，例如：「行く人」）、「子句」（須用連體形結尾，例如：「先生がくれた本」）。以上5種，可以用來修飾「主語」、「述語」、「補語」（他動詞前面所接續的受格「を」之前的名詞，將於後面詳述）等。


## 2.連用修飾語

　　第二種的「連用修飾語」，是要修飾後面接續的「動詞」、「形容詞」、「形容動詞」等3種，可以視為副詞修飾的功能。可以當「連用修飾語」使用的有：「副詞」（例如：「非常に少ない」）、「形容詞」（連用形，例如：「安く売る」）、「形容動詞」（連用形，例如：「上手に答える」）等3種。

## 3.並列修飾語

　　第三種的「並列修飾語」，表示修飾語有複數個。複數的修飾語可以用「て」（中止形）來連接。例如：「<ruby>赤<rt>あか</rt></ruby>いりんご」＋「<ruby>美味<rt>おい</rt></ruby>しいりんご」，可以寫成「<ruby>赤<rt>あか</rt></ruby>くて<ruby>美味<rt>おい</rt></ruby>しいりんご」，此時「<ruby>赤<rt>あか</rt></ruby>くて<ruby>美味<rt>おい</rt></ruby>しい」就稱為「並列修飾語」。詳細請看下面的例句，就會更加明白。

# 三、主語＋修飾語＋述語

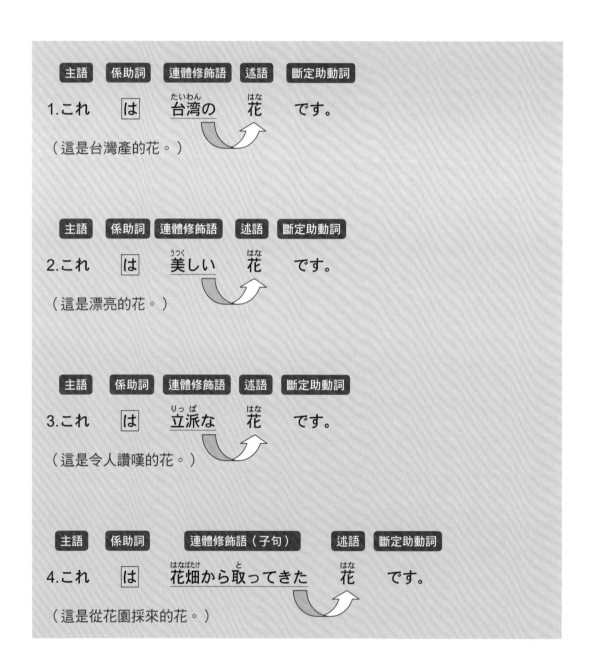

| 主語 | 係助詞 | 連體修飾語 | 述語 | 斷定助動詞 |

1.これ　　は　　台湾の　　花　　です。
（這是台灣產的花。）

| 主語 | 係助詞 | 連體修飾語 | 述語 | 斷定助動詞 |

2.これ　　は　　美しい　　花　　です。
（這是漂亮的花。）

| 主語 | 係助詞 | 連體修飾語 | 述語 | 斷定助動詞 |

3.これ　　は　　立派な　　花　　です。
（這是令人讚嘆的花。）

| 主語 | 係助詞 | 連體修飾語（子句） | 述語 | 斷定助動詞 |

4.これ　　は　　花畑から取ってきた　　花　　です。
（這是從花園採來的花。）

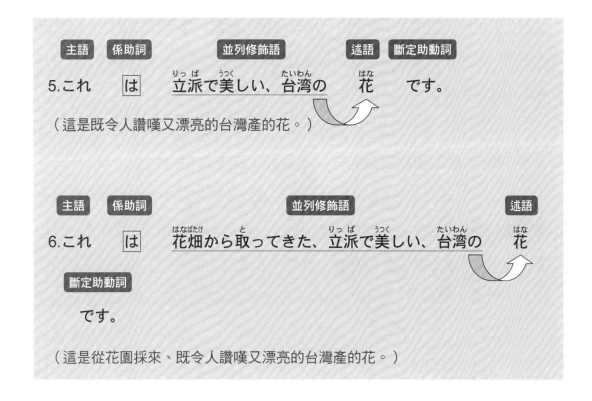

（這是既令人讚嘆又漂亮的台灣產的花。）

（這是從花園採來、既令人讚嘆又漂亮的台灣產的花。）

　　以上6個例句的主語都是「これ」，述語都是「花」。雖然差別只在述語

的修飾語不同而已，但是意思卻變得多樣。說明如下：

1. 第1句修飾述語的修飾語是名詞的「台湾」，於是在名詞「台湾」之後加個

　　「の」再接續述語「花」，中文意思為「這是台灣產的花」。

2. 第2句修飾述語的修飾語是形容詞的「美しい」，於是在形容詞連體形「美

　　しい」之後接續述語「花」，中文意思為「這是漂亮的花」。

3. 第3句修飾述語的修飾語是形容動詞的「立派だ」，於是在形容動詞語幹

　　「立派」之後加「な」成為連體形後再接續述語「花」，中文意思為「這是

　　令人讚嘆的花」。

4. 第4句修飾述語的修飾語是動詞的「花畑から取ってきた」，可將「花畑か

　　ら取ってきた」視為連體形接續述語「花」，中文意思為「這是從花園採來

　　的花」。

　　至此4句例句的述語，都是由一個修飾語來修飾。接下來的第5句、第6句中的述語，則是由一個以上的複數修飾語來修飾，此種「並列修飾語」，在日文文章中非常常見。

5. 接著，第5句修飾述語的修飾語有：名詞的「台湾」、形容詞的「美しい」、形容動詞「立派だ」等3個，此為「並列修飾語」的用法。於是在名詞「台湾」之後加個「の」。而接續述語「花」之前的兩個修飾語「立派だ」（形容動詞）、「美しい」（形容詞）之間，必須用「中止形」的方式來連接，成為「立派で美しい」。因此這個句子裡修飾述語「花」的修飾語就成了「立派で美しい、台湾の」。此時再加個記號「、」來區隔，會讓語意更加清楚。若是去掉記號「、」，讓三個修飾語全部連貫在一起成為「立派で美しい台湾の」，會讓人以為「美しい」是用來修飾「台湾」，誤會就大了。所以建議善加利用記號「、」來區隔，語意會更明確。此句中文意思為「這是既令人讚嘆又漂亮的台灣產的花」。

6. 至於第6句修飾述語的修飾語有：名詞的「台湾」、形容詞的「美しい」、形容動詞「立派だ」、動詞連體形「花畑から取ってきた」等4個，此亦為「並列修飾語」的用法。於是，這個句子裡修飾述語「花」的修飾語就成了「花畑から取ってきた、立派で、美しい、台湾の」。此時加記號「、」來區隔，也是要讓語意更加清楚。此句中文意思為「這是從花園採來、令人讚嘆又漂亮的台灣產的花」。

　　由以上的例子可以看出，修飾語沒有規定只能一個。當句子中有複數個以上的修飾語出現時，的確會增加解讀日文文章的難度。不過，依循基本句型「主語＋述語」的規則來判讀的話，再長的句子的解讀，也能迎刃而解。

# 四、修飾語＋主語＋述語

接下來進階說明修飾語修飾主語的情形。

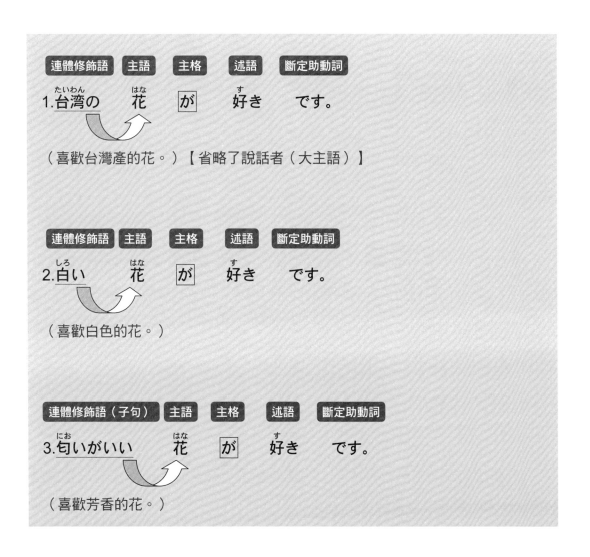

連體修飾語　主語　主格　述語　斷定助動詞

1.台湾の　花　が　好き　です。
　たいわん　はな　　　　す

（喜歡台灣產的花。）【省略了說話者（大主語）】

連體修飾語　主語　主格　述語　斷定助動詞

2.白い　花　が　好き　です。
　しろ　はな　　　　す

（喜歡白色的花。）

連體修飾語（子句）　主語　主格　述語　斷定助動詞

3.匂いがいい　花　が　好き　です。
　にお　　　　はな　　　　す

（喜歡芳香的花。）

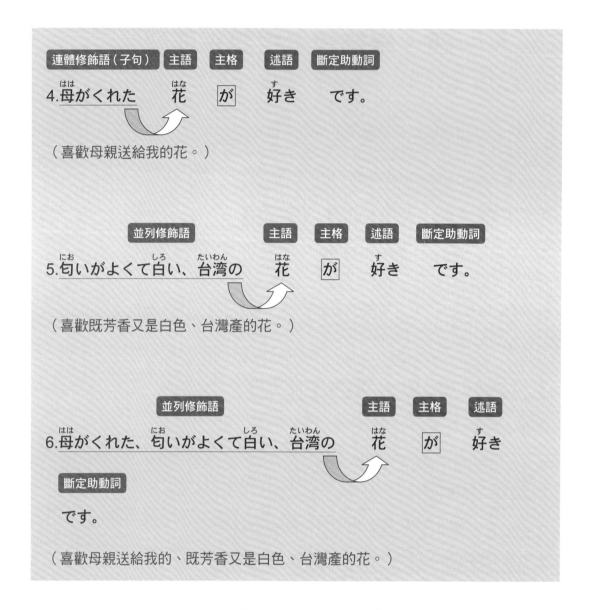

| 連體修飾語（子句） | 主語 | 主格 | 述語 | 斷定助動詞 |

4.母がくれた　花　が　好き　です。

（喜歡母親送給我的花。）

| 並列修飾語 | 主語 | 主格 | 述語 | 斷定助動詞 |

5.匂いがよくて白い、台湾の　花　が　好き　です。

（喜歡既芳香又是白色、台灣產的花。）

| 並列修飾語 | 主語 | 主格 | 述語 |

6.母がくれた、匂いがよくて白い、台湾の　花　が　好き

| 斷定助動詞 |

です。

（喜歡母親送給我的、既芳香又是白色、台灣產的花。）

　　以上6個句子的主語都是「花」，述語都是「好き」。雖然差別只在主語的修飾語不同而已，但是意思卻變得多樣。

1. 第1句修飾主語的修飾語是名詞的「台湾」，於是在名詞「台湾」之後加個「の」再接續述語「花」，中文意思為「喜歡台灣產的花」。

2. 第2句修飾主語的修飾語是形容詞的「白い」，於是在形容詞連體形「白い」之後接續主語「花」，中文意思為「喜歡白色的花」。

3. 第3句修飾主語的修飾語是子句的「匂いがいい」，於是直接接續主語「花」，中文意思為「喜歡芳香的花」。

4. 第4句修飾主語的修飾語是子句的「母がくれた」，於是直接接續主語「花」，中文意思為「喜歡母親送給我的花」。

　　至此4個例句的主語，都是由一個修飾語來修飾。接下來的第5句、第6句中的主語，則是由一個以上的修飾語來修飾。此類「並列修飾語」的用法，在日文文章中也非常常見。

5. 第5句修飾主語的修飾語有：名詞的「台湾」、形容詞的「白い」、子句的「匂いがいい」等3個，此為「並列修飾語」的用法。於是在名詞「台湾」之後加個「の」，而接續主語「花」之前的兩個修飾語「匂いがいい」（子句）、「白い」（形容詞）之間，必須用「中止形」的方式來連接。然而，按日文的通則，「匂いがいい」的中止形不能用「いい」來變化，必須巧妙地假借同義字「よい」來變化，成為「匂いがよくて白い」。於是此句子修飾主語「花」的修飾語就成了「匂いがよくて白い、台湾の」。其中修飾語之間加的記號「、」，是要讓語意更加清楚。此句中文意思為「喜歡既芳香又是白色、台灣產的花」。

6. 第6句修飾主語的修飾語有：名詞的「台湾」、形容詞的「白い」、子句的「匂いがいい」、子句的「母がくれた」等4個，此亦為「並列修飾語」的用法，因此這個句子修飾主語「花」的修飾語就成了「母がくれた、匂いが

よくて白い<ruby>白<rt>しろ</rt></ruby>、<ruby>台湾<rt>たいわん</rt></ruby>の」。修飾語之間加的記號「、」,也是要讓語意更加清楚。此句中文意思為「喜歡母親送給我的、既芳香又是白色、台灣產的花」。

由以上的12句例句,不難看出不論「修飾語」是用來修飾「主語」或「述語」。「並列修飾語」用法使得句子變得更長,用到修飾語的地方往往像鎖鏈般一直連續著。因此,要正確解讀出日文長句的意思,就必須先找出主語與述語所在,之後再找出各自的修飾語,才能判讀出日文長句的正確意思。不過,日文中主語往往會因為被省略而找不到。不用擔心,此時的主語不是與前一句相同,就是說話者本身,不慌不忙就能看出基本句型「主語+述語」這樣的重點所在。

至此應該對修飾語具備一些初步的概念了吧!接著聊一聊「補語」的元素。

# 五、主語＋補語＋述語（動詞文）

　　下面的例句，是動詞當述語的情形，如果該動詞是他動詞的話，往往會出現動詞前面接續「を」，而「を」之前所接續的名詞或形式名詞，在日文上就稱為「補語」（或目的語）。本書中統一稱為「補語」。

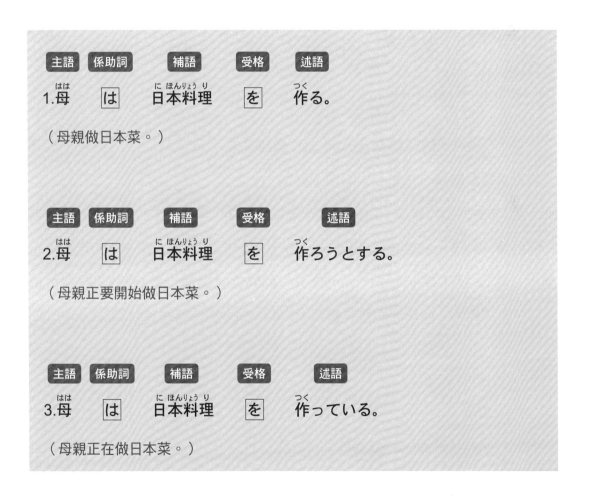

| 主語 | 係助詞 | 補語 | 受格 | 述語 |
|---|---|---|---|---|
| 1.母 | は | 日本料理 | を | 作る。 |

（母親做日本菜。）

| 主語 | 係助詞 | 補語 | 受格 | 述語 |
|---|---|---|---|---|
| 2.母 | は | 日本料理 | を | 作ろうとする。 |

（母親正要開始做日本菜。）

| 主語 | 係助詞 | 補語 | 受格 | 述語 |
|---|---|---|---|---|
| 3.母 | は | 日本料理 | を | 作っている。 |

（母親正在做日本菜。）

| 主語 | 係助詞 | 補語 | 受格 | 述語 |
|------|--------|------|------|------|

4.母 は 日本料理 を 作った。
  はは   にほんりょうり    つく

（母親做了日本菜。）

| 主語 | 係助詞 | 補語 | 受格 | 述語 |
|------|--------|------|------|------|

5.母 は 日本料理 を 作っていた。
  はは   にほんりょうり    つく

（母親做完了日本菜。）

以上5個句子的主語都是「母」，補語都是「日本料理」，但是在述語
「作る」這個動作的時態上，出現了差異。

第1句的述語「作る」為做菜的一般動作；第2句的「作ろうとする」，為
即將展開「作る」的動作；第3句的「作っている」，為「作る」的現在進行
動作；第4句的「作った」，為「作る」的過去式動作；第5句的「作ってい
た」，為「作る」的過去完成式動作。

# 六、主語＋修飾語＋補語＋述語（動詞文）

有了初步的「補語」與「動詞時態」的概念之後，接下來進一步學習修飾語修飾「補語」的複雜句型。請看下面例句。

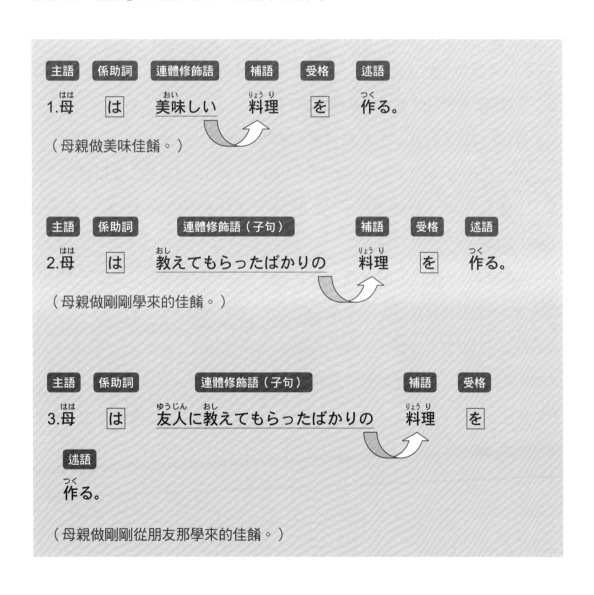

| 主語 | 係助詞 | 連體修飾語 | 補語 | 受格 | 述語 |

1.母（はは）は 美味（おい）しい 料理（りょうり）を 作（つく）る。

（母親做美味佳餚。）

| 主語 | 係助詞 | 連體修飾語（子句） | 補語 | 受格 | 述語 |

2.母（はは）は 教（おし）えてもらったばかりの 料理（りょうり）を 作（つく）る。

（母親做剛剛學來的佳餚。）

| 主語 | 係助詞 | 連體修飾語（子句） | 補語 | 受格 |

3.母（はは）は 友人（ゆうじん）に教（おし）えてもらったばかりの 料理（りょうり）を

| 述語 |

作（つく）る。

（母親做剛剛從朋友那學來的佳餚。）

| 主語 | 係助詞 | | 並列修飾語 | | 補語 | 受格 |

4.母(はは) は 友人(ゆうじん)に教(おし)えてもらったばかりの美味(おい)しい 料理(りょうり) を

述語

作(つく)る。

（母親做剛剛從朋友那學來的美味佳餚。）

以上4個句子的主語都是「母(はは)」，補語都是「料理(りょうり)」，述語都是「作(つく)る」，差別只在補語「料理(りょうり)」修飾語的不同。

第1句補語「料理(りょうり)」的修飾語為形容詞「美味(おい)しい」；第2句補語「料理(りょうり)」的修飾語為「教(おし)えてもらったばかりの」；第3句甚至點出是學習自「友人(ゆうじん)」，補語「料理(りょうり)」的修飾語為「友人(ゆうじん)に教(おし)えてもらったばかりの」。至此，修飾語皆為一個。

但如同前面所提到，修飾語可以是複數。像第4句補語的修飾語為「友人(ゆうじん)に教(おし)えてもらったばかりの」、「美味(おい)しい」兩個所組合而成的「友人(ゆうじん)に教(おし)えてもらったばかりの、美味(おい)しい」，此為「並列修飾語」的用法。兩個修飾語之間加的記號「、」，是要讓語意更加清楚。總之，無論修飾語再怎麼長，只要掌握住「主語＋補語＋述語」基本句型的結構，培養正確的解讀能力，絕非無法完成的夢想。

# 七、修飾語＋主語＋修飾語＋補語＋述語（動詞文）

接下來的例句，可以看到「主語」與「補語」之前，各有修飾語來修飾。看似極為複雜的句型，其實不然。只要穩定心情，掌握住「主語＋補語＋述語」基本句型的結構，一切將迎刃而解。養成此般扎實的解讀能力，將會受益無窮。

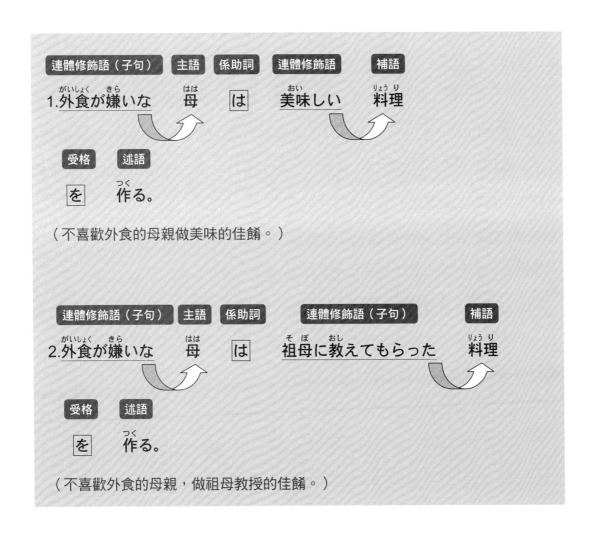

連體修飾語（子句）　主語　係助詞　連體修飾語　補語

1.外食が嫌いな　母　は　美味しい　料理

受格　述語

を　作る。

（不喜歡外食的母親做美味的佳餚。）

連體修飾語（子句）　主語　係助詞　連體修飾語（子句）　補語

2.外食が嫌いな　母　は　祖母に教えてもらった　料理

受格　述語

を　作る。

（不喜歡外食的母親，做祖母教授的佳餚。）

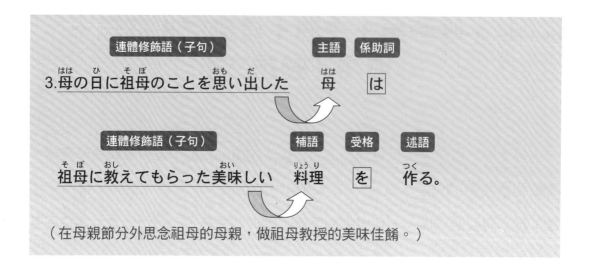

3.<ruby>母<rt>はは</rt></ruby>の<ruby>日<rt>ひ</rt></ruby>に<ruby>祖母<rt>そぼ</rt></ruby>のことを<ruby>思<rt>おも</rt></ruby>い<ruby>出<rt>だ</rt></ruby>した　連體修飾語（子句）　　<ruby>母<rt>はは</rt></ruby>　主語　　は　係助詞

連體修飾語（子句）　<ruby>祖母<rt>そぼ</rt></ruby>に<ruby>教<rt>おし</rt></ruby>えてもらった<ruby>美味<rt>おい</rt></ruby>しい　<ruby>料理<rt>りょうり</rt></ruby>　補語　　を　受格　　<ruby>作<rt>つく</rt></ruby>る。　述語

（在母親節分外思念祖母的母親，做祖母教授的美味佳餚。）

　　以上的3個句子，其實主語「<ruby>母<rt>はは</rt></ruby>」、補語「<ruby>料理<rt>りょうり</rt></ruby>」、述語「<ruby>作<rt>つく</rt></ruby>る」都一樣，差別只在主語「<ruby>母<rt>はは</rt></ruby>」和補語「<ruby>料理<rt>りょうり</rt></ruby>」各自擁有修飾語，才使得語意不同。

1. 第1句主語「<ruby>母<rt>はは</rt></ruby>」的修飾語為「<ruby>外食<rt>がいしょく</rt></ruby>が<ruby>嫌<rt>きら</rt></ruby>いな」；而補語「<ruby>料理<rt>りょうり</rt></ruby>」的修飾語為「<ruby>美味<rt>おい</rt></ruby>しい」。

2. 第2句主語「<ruby>母<rt>はは</rt></ruby>」的修飾語一樣為「<ruby>外食<rt>がいしょく</rt></ruby>が<ruby>嫌<rt>きら</rt></ruby>いな」，補語「<ruby>料理<rt>りょうり</rt></ruby>」的修飾語為「<ruby>祖母<rt>そぼ</rt></ruby>に<ruby>教<rt>おし</rt></ruby>えてもらった」。

3. 第3句主語「<ruby>母<rt>はは</rt></ruby>」的修飾語為「<ruby>母<rt>はは</rt></ruby>の<ruby>日<rt>ひ</rt></ruby>に<ruby>祖母<rt>そぼ</rt></ruby>のことを<ruby>思<rt>おも</rt></ruby>い<ruby>出<rt>だ</rt></ruby>した」；補語「<ruby>料理<rt>りょうり</rt></ruby>」的修飾語為「<ruby>祖母<rt>そぼ</rt></ruby>に<ruby>教<rt>おし</rt></ruby>えてもらった<ruby>美味<rt>おい</rt></ruby>しい」。

　　從上表中，不難發現上述3句的文章結構是不變的，只是因為修飾語加長了，才使得整個句子的長度跟著變長。乍看之下，句型似乎難了一些，其實不然。

# 八、主語＋補語＋修飾語（連用修飾語）＋述語

接下來將焦點轉向述語（動詞文）。既然修飾的是動詞，就不能拿像上面修飾主語、述語的「連體修飾語」方式來修飾，而是要用「連用修飾語」方式來修飾。除了動詞之外，「連用修飾語」還可以修飾形容詞、形容動詞等，「連用修飾語」相當於「副詞」的功用。實際情形，不妨來看看下面的例句，就知道有何不同了。

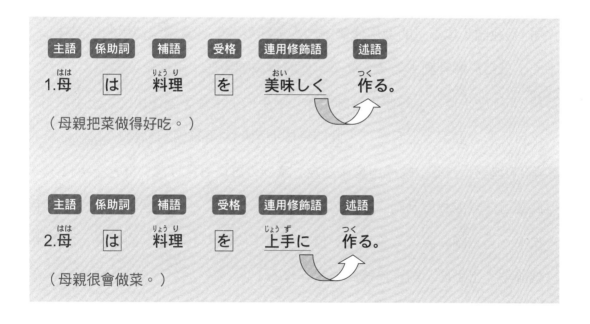

主語　係助詞　補語　受格　連用修飾語　述語

1.母 は 料理 を 美味しく 作る。
　　はは　　りょうり　　　おい　　　つく

（母親把菜做得好吃。）

主語　係助詞　補語　受格　連用修飾語　述語

2.母 は 料理 を 上手に 作る。
　　はは　　りょうり　　　じょうず　　つく

（母親很會做菜。）

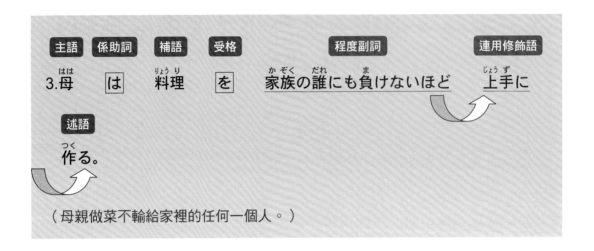

| 主語 | 係助詞 | 補語 | 受格 | | 程度副詞 | | 連用修飾語 |
|---|---|---|---|---|---|---|---|
| 3.母<br><small>はは</small> | は | 料理<br><small>りょうり</small> | を | | 家族の誰にも負けないほど<br><small>かぞく だれ ま</small> | | 上手に<br><small>じょう ず</small> |

述語

作る。
<small>つく</small>

（母親做菜不輸給家裡的任何一個人。）

以上的3個句子，其實主語「母<small>はは</small>」、補語「料理<small>りょうり</small>」、述語「作る<small>つく</small>」都一樣，差別只在述語「作る<small>つく</small>」之前的「連用修飾語」的不同。

1. 第1句述語「作る<small>つく</small>」的連用修飾語為「美味しく<small>おい</small>」。當副詞使用的「美味しく<small>おい</small>」來自於形容詞「美味しい<small>おい</small>」，此時變成連用形，用來修飾動詞。

2. 第2句述語「作る<small>つく</small>」的連用修飾語為「上手に<small>じょう ず</small>」。當副詞使用的「上手に<small>じょう ず</small>」來自於形容動詞「上手だ<small>じょう ず</small>」，此時變成連用形，用來修飾動詞。

3. 第3句述語「作る<small>つく</small>」的連用修飾語為「家族の誰にも負けないほど上手に<small>かぞく だれ ま じょう ず</small>」。此語可分隔成程度副詞「家族の誰にも負けないほど<small>かぞく だれ ま</small>」與連用修飾語「上手に<small>じょう ず</small>」。「家族の誰にも負けないほど<small>かぞく だれ ま</small>」用來修飾「上手に<small>じょう ず</small>」的程度，而連用修飾語「上手に<small>じょう ず</small>」則直接修飾述語「作る<small>つく</small>」。

從上表中，不難發現上述3句的文章結構是不變的，只是連用修飾語不一樣而已。乍看之下，句型似乎艱澀許多，但不用怕，只要把握住基本句型「主語＋補語＋述語」的結構，看似複雜的句型，其實一點都不難。

以上，介紹完了「一個句子的誕生」。這些看似複雜的句子在日後只要多下點功夫練習，不久將會發現自己的眼力變得更好，而日文文章解讀能力也能

在一夕之間增進。沒錯！這是剖析日文文章「按圖索驥」的保本、保利的絕佳

方法。一定要試試！

# 披露你不可不知有關漱石的內幕

### ③ 漱石之死

　　漱石一生多病，小時候得了水痘而在臉上留下疤痕，成為日後自卑的根源，還曾得過砂眼、眼疾、神經衰弱症、胃病、胃潰瘍、痔瘡、糖尿病等。漱石辭世之前的大正5年11月21日，與夫人鏡子連袂應邀參加「辰野隆」的婚禮。原本日本禮俗是夫妻同桌，不知為何，當天的婚禮，夏目夫妻卻被安排在不同的桌次。由於漱石離開了夫人鏡子的嚴格監控，所以忍不住多吃了餐桌上的鹽炒花生。其實漱石非常喜歡吃花生，但常為惱人的胃病所困而不適合吃花生，因此被禁食。婚禮隔天，果然漱石因胃潰瘍發作，臥病不起。後於12月9日病逝，成為不歸客。如果漱石不嘴饞偷吃花生，也不會因此而驟世。人的壽命是時也？命也？運也？

### ❹ 受弟子們愛戴的漱石——
### 主持讀書會「木曜の会」（週四之會）

慕漱石之名而來漱石家中，盡興談天說地、話文學的弟子們，有「小宮豐隆」、「鈴木三重吉」、「森田草平」、「內田百間」、「野上弥生子」、「芥川龍之介」、「久米正雄」、「寺田寅彦」、「阿部次郎」、「安倍能成」、「松岡讓」（漱石長女的夫婿）等人。由於早晚進進出出，夫人鏡子不堪家庭生活被打擾而多有抱怨。於是由「鈴木三重吉」提議將會面時間訂為每週星期四下午3點以後，並命名為「木曜の会」，此為「木曜の会」的起源。自明治39年10月11日（星期四）起，延續至大正5年漱石臥病為止，在此類似文學沙龍的聚會中，培育出不少下一個時代——大正時期的文學舵手。

# ❊ 練習題 ❊

　　下面為歷史假名標示的《我是貓》文章。請練習找出各句主語、述語、補語、修飾語等。

　　吾輩は猫である。名前はまだ無い。

　　どこで生まれたか頓と見當がつかぬ。何でも薄暗いじめじめした所でニャーニャー泣いて居た事丈は記憶して居る。吾輩はこゝで始めて人間といふものを見た。然もあとで聞くとそれは書生といふ人間中で一番獰惡な種族であつたさうだ。此書生といふのは時々我々を捕へて煮て食ふといふ話である。然し其當時は何といふ考もなかつたから別段恐しいとも思はなかつた。但彼の掌に載せられてスーと持ち上げられた時何だかフハフハした感じが有つた許りである。掌の上で少し落ち付いて書生の顔を見たのが所謂人間といふものゝ見始であらう。此時妙なものだと思つた感じが今でも殘つて居る。第一毛を以て裝飾されべき筈の顔がつるつるして丸で藥罐だ。其後猫にも大分逢つたがこんな片輪には一度も出會はした事がない。加之顔の眞中が餘りに突起して居る。そうして其穴の中から時々ぷうぷうと烟を吹く。どうも咽せぽくて實に弱つた。是が人間の飲む烟草といふものである事は漸く此頃知つた。

# 第4課

# 配備（3）：兩個子句成為
# 一個句子的羅曼史

**學習重點：**

●常用且常見的日文基本句型的種類

●認識「単文<sub>たん ぶん</sub>」（單句）

●認識「重文<sub>じゅう ぶん</sub>」（重句）

●認識「複文<sub>ふく ぶん</sub>」（複句）

　　透過前面幾課，應該初步了解主語、述語、補語、修飾語的功用及差別了吧！本課要來聊聊，利用這些組合所形成的句型有哪些。

　　常用且常見的日文基本句型，是一個主語加一個述語的「主語＋述語」，且整句話只用一個「。」（句点）來斷句，此類句子，日文稱之為「単文」（單句）。除此之外，日文還有「重文」（重句）、「複文」（複句）。了解有此三類句型之後，幾乎就不會被日文句子難倒。信不信呢？打起精神，我們繼續深究下去吧！

　　如果只有一個「。」斷句的形式，卻出現兩次不同的主語，也就是「主語＋述語」（単文）＋「主語＋述語」（単文）時，此類句子，日文稱之為「重文」。

　　再者，只有一個「。」斷句的形式，出現了「主語＋述語」與「主語＋述語」之間用「接續助詞」（例如：ば、と、ても、けれども、が、のに、ので、から、し、て、ながら、たり）連接的話，此類句子，日文稱之為「複文」。「複文」的樣式多，像同一個主語卻有兩個以上的述語（「主語＋述語＋述語」），此類句型也算「複文」。或是像利用修飾語修飾主語或述語（「修飾語＋主語＋修飾語＋述語」），此類句型也算「複文」。日文的句子當中，大多數屬「複文」。

　　由於「複文」的句子中，有複數的「主語」或「述語」，以及「接續助詞」、「修飾語」等的加入，使得句子的長度變長，所以光看句子的長度，容易心生畏懼，而且因為句子的長度變長，解讀的難度也增加了。這時該如何克服呢？只要看到「複文」時，不管有多少主語，先找出一個真正的主語即可。真正的主語是位在最後一個句子的地方，而之前的主語，充其量只是副手，只

是從屬於最後出現的句子中的主語而已。接下來再推敲是否有各自的修飾語，並一一找出各自的修飾語，句子結構就馬上明朗化。

一大串的日文文字組成的長句，乍看似乎複雜，不用擔心，只要把握上述的原則，一定可以解開謎團。不妨比較一下下面的例句，很快就能領悟出規則，並看出其中具體的差異性。

# 一、「単文{たんぶん}」（單句）的基本結構：<br>「主語＋述語」

| 主語 | 主格 | 述語 |
|---|---|---|
| 風{かぜ} | が | 吹{ふ}く。 |

（刮風。）

本句有一個主語、一個述語。此種情形日文稱為「単文{たんぶん}」。本句主語為「風{かぜ}」，述語為「吹{ふ}く」。

# 二、「重文」（重句）的基本結構：
# 「主語＋述語、主語＋述語」

| 主語 | 主格 | 述語 | 主語 | 主格 | 述語 |
|---|---|---|---|---|---|
| 風（かぜ） | が | 吹（ふ）き、 | 雨（あめ） | が | 降（ふ）る。 |

（刮風下雨。）

　　本句與第1句不同，有兩個主語、兩個述語，此種情形日文稱為「重（じゅう）文（ぶん）」。第一個主語為「風（かぜ）」，述語為「吹（ふ）く」。第二個主語為「雨（あめ）」，述語為「降（ふ）る」。兩個主語同等重要，沒有主從的關係。

# 三、「複文」（複句）的基本結構：「主語＋述語＋接續助詞＋主語＋述語」

| 主語 | 主格 | 述語 | 接續助詞 | 主語 | 主格 | 述語 |
|------|------|------|----------|------|------|------|

風が吹くと、雨が降る。

從屬節　　　　　　　　　主節

（一刮風就下雨。）

　　本句與上述2個句子不同，本句當中，第一個「主語＋述語」與第二個「主語＋述語」之間用接續助詞「と」來連接，藉此表示條件的提示。接續助詞「と」之前的第一個「主語＋述語」句子，即是提示的條件，日文稱為「從屬節」（從屬節）。接續助詞「と」之後的第二個「主語＋述語」，日文稱為「主節」（主節）。「從屬節」用於表示「主節」的條件、原因、目的、時間、程度、附帶情況等。日文裡真正重要的主語，一定位在「主節」中，通常位於句子的最後。如果不想記這麼多繁瑣的文法用語，把握住日文句子的重點就在句子的最後，從後面開始找起，就對了。

　　另外，也常常會看到同一個主語加上兩個以上的述語，也就是「主語＋述語＋述語」，此種情形仍為「複文」。

# 四、「複文」的另一結構：
# 「修飾語＋主語＋修飾語＋述語」

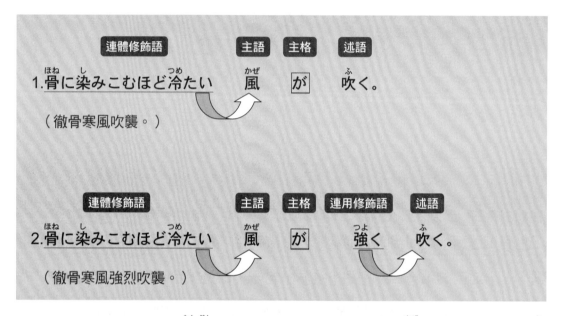

| 連體修飾語 | 主語 | 主格 | 述語 |
|---|---|---|---|

1.骨に染みこむほど冷たい　風　が　吹く。

（徹骨寒風吹襲。）

| 連體修飾語 | 主語 | 主格 | 連用修飾語 | 述語 |
|---|---|---|---|---|

2.骨に染みこむほど冷たい　風　が　強く　吹く。

（徹骨寒風強烈吹襲。）

　　第1句雖然和前述「単文」的例句一樣，主語都是「風」，述語都是「吹く」，但此句的主語「風」有連體修飾語「骨に染みこむほど冷たい」修飾，等於「風が吹く」的一句話中，又加上句子說明「風」是怎麼樣的「風」。簡單來說，這是「句中有句」的複句結構。以後遇到這種句子，把它認定為「複文」準沒錯。如果不想記這麼多繁瑣的文法用語，只要把握住「主語＋述語」的結構，再掌握修飾語的功用是拿來修飾主語或述語，便能正確解讀出句子的意思了。

　　認清楚日文中「単文」、「重文」、「複文」3種句型的不同結構之後，如果要更準確判讀出句子的意思，就需要通盤複習「格助詞」（が、に、を、で、と、へ、から、まで）的用法。要不要挑戰看看呢？下一課再來複習。

# ❀ 練習題（一）❀

請判斷下面句子為A「単文<ruby>単<rt>たん</rt></ruby><ruby>文<rt>ぶん</rt></ruby>」、B「重文<ruby>重<rt>じゅう</rt></ruby><ruby>文<rt>ぶん</rt></ruby>」、C「複文<ruby>複<rt>ふく</rt></ruby><ruby>文<rt>ぶん</rt></ruby>」中的哪一種。

1. 夏が去り、秋が来る。

2. 冬が去ると、春が来る。

3. 母は歩き、父は運転する。

4. 父はスピードを出して、運転する。

5. 痩せなければいけないと思っている母は、毎日歩いている。

6. 仕事に急いでいる父は、スピードを出して、車を運転する。

7. 私の飛行機に間に合うように、父がスピードを出して、運転する。

8. 最後に恩師に会ったのは、去年であった。

9. 容疑者が姿を消したのは、逮捕命令が下りてからの事であった。

10. 一日も早く世界が平和になるように私は願っている。

# 披露你不可不知有關漱石的內幕

**⑤ 漱石神社與盡職的漱石神社廟祝**

　　漱石在家庭當中，雖然不像日本另一位文豪「森鴎外」（森鷗外；1862-1922）與家人互動良好、相處融洽，但漱石卻深得學生或私下受教的弟子們的愛戴、敬佩。弟子們把漱石視為精神堡壘，當作指引文學的明燈來景仰、崇拜。甚至以「小宮豐隆」為首，積極地把漱石神格化，創造出漱石「則天去私」的神話，而「小宮豐隆」理所當然地就被稱為「漱石神社」最稱職、忠心的「神主」（廟祝）。

## ⑥ 高貴不可侵犯的漱石文學走進人群——增添親切感

　　第二次世界大戰前的日本，即使非文學研究相關者，為了象徵有學識涵養，上流家庭家中，幾乎每一戶人家都收藏著一套漱石文學全集。雖然有若干雜音出現，文壇上仍一面倒地對漱石文學歌功頌德。此乃漱石之弟子「小宮豐隆」主導的「漱石神社」稱霸一時、盛況空前之緣故。然而，當中有一位20多歲初出茅廬的在學年輕小夥子名叫「江藤淳」，憑藉著漱石的弟子們所轉述漱石臨死前還大喊著：「好痛苦呀」這件事當作開端，開始質疑漱石根本沒有到達「則天去私」的修身境界。除此之外，「江藤淳」還逐一檢視漱石文學，創作出另類的漱石文學解讀法，總結出漱石並非高高在上的人格道德者，而是你我都可親近的平凡人物。「江藤淳」讓就如被奉祀在神社一般高貴不可侵犯的漱石文學，轉化成更平易近人的漱石文學。如此一來，使漱石文學增添了親切感，變成是凡夫俗子都能閱讀的經典名著，同時也成為日本國民文學的象徵。

# ❀ 練習題（二）❀

　　下面為歷史假名標示的《我是貓》文章。先將句中的格助詞框出來，再找出主語、述語、補語、修飾語所在，試著分析句子的結構。

　　偖邸へは忍び込んだものゝ是から先どうして善いか分らない。其内に暗くなる、腹は減る、寒さは寒し、雨が降つて來るといふ始末でもう一刻も猶豫が出來なくなつた。仕方がないから兎に角明るくて暖かさうな方へ方へとあるいて行く。今から考へると其時は既に家の内に這入つて居つたのだ。こゝで吾輩は彼の書生以外の人間を再び見るべき機會に遭遇したのである。第一に逢つたのがおさんである。是は前の書生より一層亂暴な方で吾輩を見るや否やいきなり頸筋をつかんで表へ抛り出した。いや是は駄目だと思つたから眼をねぶつて運を天に任せて居た。然しひもじいのと寒いのにはどうしても我慢が出來ん。吾輩は再びおさんの隙を見て臺所へ這ひ上つた。すると間もなく又投げ出された。吾輩は投げ出されては這ひ上り、這ひ上つては投げ出され、何でも同じ事を四五遍繰り返したのを記憶して居る。其時におさんと云ふ者はつくづくいやになつた。此間おさんの三馬を偸んで此返報をしてやつてから、やつと胸の痞が下りた。吾輩が最後につまみ出され樣としたときに、此家の主人が騷々しい何だといひながら出て來た。下女は吾輩をぶら下げて主人の方へ向けて此宿なしの小猫がいくら出しても出しても御臺所へ上つて來

て困りますといふ。主人は鼻の下の黒い毛を撚りながら吾輩の顔を暫らく眺めて居つたが、やがてそんなら内へ置いてやれといつたまゝ奥へ這入つて仕舞つた。主人は餘り口を聞かぬ人と見えた。下女は口惜しさうに吾輩を臺所へ拋り出した。かくして吾輩は遂に此家を自分の住家と極める事にしたのである。

# 第5課
## 接軌太空站的關鍵時刻：
## 外行人看熱鬧，內行人看門道，
## 賞析文學作品的20個
## 基礎門道

**學習重點：**

●賞析文學作品時，不可不知的20個基礎門道

●解讀日文句子的4個步驟

●重要格助詞「を」、「に」、「で」、「と」的用法整理

　　一棟富麗堂皇的雄偉建築可能因為海嘯、地震等天災而一夕之間摧毀，但一部文學的曠世巨作卻能超越歷史、時空而撫慰人心、引發共鳴。拜科技發達之賜，我們能搭乘太空船，離家千萬里，來到太空觀賞浩瀚星際。但由於人擁有七情六慾，所以離開地球、離開家園多日，心中難免一絲絲地想念起家裡。還好不久就要抵達太空站，可以開始實際演練歷史假名標示的文章了，心情不禁也為之一振。歷史假名標示的文章像是美麗的篇章、樂符，可以去憂解悶。所謂外行人看熱鬧，內行人看門道，即將面對接軌太空站的關鍵時刻，讓我們再聊一聊其中的訣竅吧！

# 一、賞析文學作品時，不可不知的 20個基礎門道

　　常言道：「外行人看熱鬧，內行人看門道」，要稍為專業一點地閱讀一篇文學作品時，要從下面20個角度來賞析，才能有深度、有不同的感受與品味。

### 1.「語（かた）り手（て）」（敘述者）：

　　像說書人一樣，向讀者口述故事。只是小說是用來閱讀的作品，而不是面對面與讀者接觸，所以此時稱之為「敘述者」，算是作者創造出來的「中間人」角色。這關係好比是「讀者←作品←敘述者←作者」，如果敘述者用「私（わたし）」、「僕（ぼく）」、「俺（おれ）」、「吾輩（わがはい）」等第一人稱的稱呼方

式來稱呼自己的話，則這一篇小說作品就叫做「第一人称小説」（第一人稱小說）。像是第2課供作練習範本的《我是貓》，就屬於「第一人称小説」。至於，如果敘述者沒有用「私」、「僕」、「俺」等第一人稱的稱呼方式來稱呼自己，且作品中出現的人物是被直呼姓名的話，則表示此篇小說是「第三人称小説」（第三人稱小說）。

「第一人称小説」是由第一人稱「我」的視點來敘述故事情節。此類小說雖然對自己的事可無話不說、無話不談、非常深入地敘述，但是一提到自己以外的他人內心情事，除非假借閱讀書信、他人日記，否則無法敘述一、二，所以說「第一人称小説」的敘述是有所侷限的。但如果換成「第三人称小説」的話，由於是由不出現在作品之中或由出現在作品之中的第三者來敘述故事情節，因此此類小說絕對比「第一人称小説」的敘述更加自由、沒有侷限。那麼，有沒有「第二人称小説」呢？答案是「沒有」。因為一旦有「你」出現的時候，就一定會出現「私」來稱呼，所以，這一類也算是「第一人称小説」。

然而，即使「第三人称小説」是由不出現在作品之中或由出現在作品之中的第三者來敘述故事情節，敘述者還是具有人格，並擁有主觀的價值觀。於是，閱讀此類作品時，往往會發現敘述者的敘述比較偏袒作品中的某位人物、某個角色。此類情形很常見，不必驚奇。

## 2.「主人公」（主角）：

閱讀作品要先找出重要人物，而這重要人物就叫做「主人公」。男主角稱為「男の主人公」，女主角則稱為「女の主人公」。

## 3.「登場人物」（作品中出現的出場人物）：

除了作品中出現的「男の主人公」或「女の主人公」等重要的人物稱之為「主役」（主角）之外，還會出現次要的搭配人物稱之為「脇役」（配角）。這些都是會在作品中出現的人物。

## 4.「キャラクター」（個性、性格或人格特質）：

閱讀作品可以藉由「主役」、「脇役」的種種言行舉止、偏好，推論出該角色的個性、性格或人格的特質。

## 5.「時間軸」（時間主軸）：

一個作品會有兩個時間，一為作者將作品公諸於世的時間，即為作品的創作時間，而另一個為作品中的時間。兩個時間可能一樣，也可能不一樣。

在閱讀時，可以以「作品中的時間」為主軸，隨著時間點的流逝方向，觀察出小說情節進行的走向。當敘述者順著時間一定方向敘述，這叫做「先說法」（順敘法）；當敘述者是回想過去而談到現在的敘述方式，這叫做「後說法」（倒敘法）。所有的故事也都可以在順敘當中穿插倒

敘，之後又再回到順敘，這叫做「錯時法」（時間錯置法），可以增加作品的複雜性。這許許多多的鋪陳、敘述方式的不同，都是為了營造閱讀作品的樂趣。總之，在閱讀小說上，時間主軸是個觀察的重要指標。

## 6.「空間軸」（空間主軸）：

這也是觀察一篇作品的重要指標。隨著場景的轉換，一幕換過一幕，會帶出另一情節的發展，如此就形成了不同的複數空間。在作品中常可以看到主角因進出不同的空間，之後又回到原本的空間，此時心念已轉，整個人已成長蛻變了。此類小說可以當作「成長小説」（成長小說）來閱讀。

如果進出的空間有些許異於常態者，往往被稱為「異界」（異空間）。「村上春樹」（村上春樹；1949〜）的作品常常被指出有此特色。

另外，有時在出現的兩個空間之間，會刻劃出明顯的連結區當作通道。比如1868年日本第一位榮獲世界諾貝爾文學獎的作家「川端康成」（川端康成；1899-1972），在其名作《雪国》（雪國）開頭敘述的「国境の長いトンネルを抜けると雪国であった。」（穿越過縣境長長的隧道，便來到了一片白雪皚皚的雪國。）其中的「トンネル」（隧道），就是連結「東京的現實空間」與「雪國的非現實空間」。

### 7.「ストーリー」（故事）：

　　連貫作品前後而成的內容，稱為「ストーリー」。因表達形式、方式的不同，可分為小說、詩、俳句、隨筆等成品。

### 8.「プロット」（情節、橋段）：

　　連貫作品前後內容而成的「ストーリー」當中，值得注意的是故事裡的「プロット」。「プロット」用在文學小說等平面作品時，可翻譯成「情節」。如果使用於戲劇、舞臺劇、電視劇等立體作品時，可翻譯成現代用語的「橋段」。總之，「プロット」是「ストーリー」當中最具戲劇張力、最吸引人之處。

### 9.「筋のある小説」（因果分明的小說）：

　　當故事的內容在進行當中，有某一事件發生了，而該事件的發生原因與結果是有跡可循、可以順藤摸瓜的，此類小說稱為「筋のある小説」。如果故事進行當中，發生的某一事件的原因與結果無明顯關連，此類小說稱為「筋のない小説」（因果不清的小說）。

## 10.「伏線」（伏筆）：

　　若是「筋のある小説」的話，就可以由後面的「果」，找出被隱藏在前面的「因」。此時的「因」所在之處，就稱為此事件的「伏線」。作者往往會在作品中預留「伏線」，當閱讀到事件的發生，就能回頭追溯發生的原因。此種情況特別是在「探偵小説」（偵探小說）中更加明顯，此類作品往往須一讀再讀，才能咀嚼出隱藏於其中的深厚含意。

## 11.「クライマックス」（高潮）：

　　不是常聽到「故事情節高潮迭起」這句話嗎？「ストーリー」當中布滿了「プロット」，當情節扣人心弦達到極致時，此為「ストーリー」的精采處，就稱為「クライマックス」。

## 12.「テーマ」（主題）：

　　連貫作品前後內容而成的「ストーリー」，可能分為幾個篇章來表現。縱貫每一篇章中多次強調的地方，就是該「ストーリー」的「テーマ」所在，這同時也是作者要傳達的理念、主張。

## 13.「描写」（描寫）：

　　為作品中常見的表達手法之一。例如當作品的敘述者在敘述故事時，道出「彼の使っている鞄は古びていて、穿いているズボンも穴だらけだ。」（他用的書包破舊不堪，穿的褲子也盡是破洞。）等的句子時，此為單純的敘述，沒有添加敘述者個人主觀的意見與價值的判斷，這就是「描写」。

## 14.「説明」（說明）：

　　為作品中常見的表達手法之一。當作品的敘述者在敘述故事時，使用了類似「彼は少しも外見を気にしない、だらしない人間だ。」（他一點也在乎外表，是個不修邊幅的人。）等的句子時，此為說明式的敘述，並加上了敘述者個人主觀的意見與價值的判斷。

## 15.「冒頭」（開頭部分）：

　　任何作品一定有最開始的開頭部分與最後的結尾部分。在日本很重視作品的「冒頭」，因為此處的破題，可以涵蓋整篇作品的深意。比方說夏目漱石的《我是貓》，以「吾輩は猫である。名前はまだ無い。」（我是一隻貓，還沒有名字。）開頭，便點出作品是站在一隻尚未被命名、不被寵愛的貓之視點所敘述的。敘述者當然是貓，但是依常理判斷，身為動物的貓不會像人一樣開口來敘述，因此之間的落差，便營造出滑稽、幽默的氛圍。而從貓的視點來反批人類文明社會的種種，的確是高明的手法，所以貓說出來的話自然見解獨特、值得人類省思。

## 16.「結末」（結尾部分）：

　　任何作品一定有最開始的開頭部分與最後的結尾部分。在日本也很重視作品的「結末」，因為能否令人回味無窮、餘韻繞梁三日不絕，端賴此處嘎然一聲的結尾，其重要性不容忽略。

## 17.「作者」（作者）：

　　作者創作出作品，但作者不等於作品中的主角。比方說夏目漱石是《我是貓》這部作品的作者，但《我是貓》卻是以「吾輩は猫である。名前はまだ無い。」來開頭，也就是《我是貓》的作者夏目漱石並不是一隻貓。在此，那隻無名貓是作者夏目漱石創造出的敘述者，擔任敘述故事發展的主要角色。而這之間的關係，可以簡化成「作品←主角（作品中出現的重要人物）←敘述者←作者」的關係圖。作者創造出作品，但不直接現身在作品當中敘述故事，而是創造出一位敘述者，並主導敘述者去敘述主角（或作品中出現的人物）間的愛恨情仇。所以，在閱讀作品時，切記不可躁進，馬上將作者與主角或敘述者之間劃上等號。因為作品不可能百分之百的真實，一定會有虛構的部分，也會有作者本身經驗的投影，所以絕對不能斬釘截鐵地說「作者＝主角」，也不能馬上說「作者＝敘述者」，畢竟這之間實在隱藏了太多的灰色地帶了。

## 18.「分身」（分身）：

　　創作本來就會有虛構的部分，像是作品中常常會看到作者將自己或周遭某人的經驗，投射在主角或某一人物的身上。此時主角或某人物，就稱為作者或周遭某人的「分身」。像夏目漱石的小說在當時非常有名，而被寫入作品的周遭人物，包括夏目夫人鏡子女士，常常會因此產生困擾，這是因為夏目漱石周遭的每個人，都要被外界強迫對號入座。

## 19.「読者」（讀者）：

　　再來回顧一下剛剛所提的創作簡化圖：「作品←主角（作品中出現的主要人物）←敘述者←作者」。以此關係圖，「読者」要擺放在哪個位置呢？若加上「読者」，簡化圖就變成了：「讀者←作品←主角（作品中出現的主要人物）←敘述者←作者」。

　　作者創造出敘述者，再由述敘者來敘述作品中主角或出現人物們的一舉一動。而完稿之後推出的作品，就由身為消費者的讀者來閱讀賞析。很長一段時間，大家都把關愛放在生產者——作者的身上。後來，「ロラン・バルト」（羅蘭・巴特；1915-1980）鼓吹「作者の死」（作者之死），主張當作品一離開作者的手中，公諸於世之後，作品就不再專屬於作者本身，而應任由讀者自由閱讀。此見解也等於要大家把關愛的眼神，從作品生產者——作者的身上，轉移至消費者——讀者的身上。於是，作者的權威不在，讀者的閱讀相對地被大大重視。此風潮也帶動了用「読者反応批評」（讀者反應批評）方式進行研究的風氣。當作者的思維不再是唯一的標準答案時，就創造出閱讀作品的許多樂趣。舉一個例子來說明，在日本夙有「小説の神様」（小說之神）之稱的近代文學作家「志賀直哉」（志賀直哉；1883-1971）的晚年代表作《暗夜行路》（暗夜行路），研究者普遍認為該部作品是戀愛小說，而當時還在世的志賀直哉，非常驚訝為什麼會有這種解讀，並且極力主張自己根本沒有要寫成戀愛小說的絲毫意圖。可見當作品一離開權威的作者之後，在自由閱讀作品的消費者（讀者）與生產者（作者）之間，會出現某種程度的解讀落差與見解不一的情形是正常的。

## 20.「記号」（符號）：

　　剛剛提到的「ロラン・バルト」，是受到被譽為「現代語言學之父」的「フェルディナン・ド・ソシュール」（弗迪南・德・索緒爾；1857-1913）所啟發。「ソシュール」（索緒爾）主張語言是基於符號及意義的一門科學，並將之稱為「記号学」（符號學）。

　　當作品中出現某一個關鍵語彙或動作，而此關鍵語彙或動作超越字面的淺層意思，且賦予更深層含意，那麼這個關鍵語彙或動作，便稱之為「記号」。如果用此重要關鍵語彙或動作當作「記号」深入探索的話，會出現柳暗花明又一村的境界。簡單來說，用「記号」可以挖掘深藏於作品中的廣大意境，而這種追根究底的方式，也可以沿用至某一本作品的解讀上。除此之外，「記号」還有另一層意義，它能夠展延至同一時代（或同個區域）人們的普遍共同認知，或是用上至某個時代（或某個區域）、下至某個時代（或某個區域）等更寬廣的視野來閱讀，這種方式就稱為「文化記号学」（文化符號學）。

　　比方說閱讀夏目漱石的有名小說《それから》（之後）時，其中一幕是男主角「代助」與好友「平岡」結伴，一同購買平岡與某位同樣是好友的妹妹「三千代」的結婚賀禮。當時男主角代助買了「金戒指」送給平岡的未婚妻三千代，而平岡贈送給未婚妻三千代的卻不是「金戒指」而是「手錶」，且平岡對此竟然不以為意。於是，在此就可以用「金戒指」而不是「手錶」當作「記号」，而且除了要精讀《それから》之外，還要再調查《それから》創作當時，也就是明治42年（1909）前後以及《それから》作品中的時間點裡，當時人們認知的「金戒指」與「手錶」意義為

何，進而追查出《それから》是以三角關係來建構的作品，而描寫的則是男主角代助對女主角三千代錯綜複雜的情愫。

# 披露你不可不知有關漱石的內幕

## ❼ 漱石拒絕接受日本政府頒發博士學位

　　明治44年（1911）2月21日，漱石家中收到一份由日本文部省寄來獲頒文學博士學位的通知。當時漱石因病住院不在家，漱石夫人鏡子馬上借朋友的電話，打電話向漱石報告並請示處理方式。漱石夫人鏡子尊重漱石的意願，由弟子森田草平代勞，向日本文部省回覆並說明無法接受獲頒文學博士的苦衷。然而日本文部省回覆，至今沒有人拒絕接受國家頒布博士學位的榮耀，此與學位頒布條例不符。文部省因史無前例，於法無據，無法處理釀成的後續棘手問題，因此又再次聯絡漱石後續頒布的詳細事宜。經過一段時間之後，漱石終於在《東京朝日新聞》（明治44年（1911）4月15日）中，以「博士問題の成行」（獲頒博士學位問題的始末）為題，明確表達恕無法接受獲頒博士學位的立場。文中提到：「從政府的角度來看，博士學位的確有利於獎勵學術發展，然而從個人的角度來看，政府帶頭塑造國內所有學者都得要成為博士的風氣，此風實在不可長也。因為這會造成學者行為模式皆以此為最高指導原則，對國家學術發展反而是弊多於利。」接著，又表明「絕非惡意要破壞國家的博士頒發制度，但是讓社會認為非博士就不是學者、賦予博士無上價值的話，鑽研學術會變成博士的專利品，形成少數的貴族學者壟斷學術發展，而沒有博士學位的人則不再受重視，極為擔心

此弊端會造成層出不窮的問題」。之後，又補上一句「自己辭退博士學位的決心，不容懷疑」為結尾，懇請容許拒絕博士學位的頒發。

放眼全世界博士掛帥、品格無法與學識同步的情形，再回頭仔細品味距今100年前的漱石的發言，令人唏噓不已，同時也不得不佩服漱石的骨氣與針砭時局的卓越見解。

### ⑧ 漱石式的幽默

明治40年（1907）6月11日，當時集權勢於一身的首相「西園寺公望」（西園寺公望；1849-1940）公開邀請名噪一時的文人墨客參加「文人招待會」（17-19日），漱石也接到邀請函。當時的漱石，由於忙著執筆寫作《虞美人草》（虞美人草），因而婉拒。但是在婉拒的同時，也加了自創的一首俳句「時鳥　厠半ばに　出かねたり」（杜鵑鳥鳴叫時節　因入厠方便　不及赴約），幽了自己一默，締造漱石式的幽默與後世廣為流傳的佳話。

# 二、解讀日文句子勝券在握的4個步驟：

日文與中英文不同，動詞位在句子的最後，所以一句話不聽到最後，聽不出這一句話是肯定句、還是否定句、還是過去式之類的全意。因為此結構的關係，日文同步口譯的難度相對提高，但解讀文章中的句子其實不難，可把握下面4個步驟來拆解句子。

## 步驟1：先把「は」或者「が」圈起來

看到一個句子，先把「は」或者「が」圈起來。因為位在「は」或者「が」之前的名詞或形式名詞，往往就是主語所在。像是到商家洽談生意，當然要找擁有決定權的人，而這麼重要的人，在一個句子當中就相當於主語，只不過日文中的主語常常被省略。那也無妨，找不到主語時，想想是不是沿用前面句子的主語，或是從當述語使用的動詞的敬語表達來判斷主語為何。

| 主語 | 主格 |

最近恋に落ちた妹 が 、いつもと違って、スカートを穿いている。

（最近陷入熱戀的妹妹，和平常不一樣，穿著裙子。）

此句主語為「が」之前的「妹」。

台湾<ruby>たいわん</ruby>は、素晴<ruby>すば</ruby>らしい島国<ruby>しまぐに</ruby>である。

（台灣是個風光明媚的島國。）

此句主語為「は」之前的「台湾<ruby>たいわん</ruby>」。

那麼「は」跟「が」有什麼差別呢？此時就要回憶一下至今所學的文法概念。不太有把握的話，就要查一下文法書籍了。以下簡單說明兩者之間的差異：

## 「は」與「が」的基本文法之區別

| 編號 | は | が | 例句 |
|:---:|:---:|:---:|:---|
| 1 | 提示主題 | × | 主語　係助詞　述語　斷定助動詞<br>ハイブリッド車<ruby>しゃ</ruby>　は　人気商品<ruby>にんきしょうひん</ruby>　です。<br>（油電混合車是受歡迎的產品。） |
| 2 | 接大主語 | 接小主語 | 大主語　係助詞　小主語　主格　述語　斷定助動詞<br>象<ruby>ぞう</ruby>　は　鼻<ruby>はな</ruby>　が　長<ruby>なが</ruby>い　です。<br>（大象的鼻子長。） |

| 編號 | は | が | 例句 |
|---|---|---|---|
| 3 | 對比 | × | 主語 係助詞 述語 斷定助動詞 接續助詞<br>豚カツ は 好き です が、<br><br>主語 係助詞 述語 斷定助動詞<br>すき焼き は 嫌い です。<br><br>（雖然喜歡炸豬排，但討厭壽喜燒。） |
| 4 | × | 疑問詞當主語時使用 | 主語 主格 述語 終助詞<br>誰 が 食べました か。<br><br>（誰吃了呢？） |
| 5 | × | 疑問詞當主語問時，回答時使用 | 主語 主格 述語<br>橋本さん が 食べました。<br><br>（橋本先生／小姐吃完了。） |
| 6 | × | 表能力 | 主語 主格 述語 斷定助動詞<br>物理 が 苦手 です。<br><br>（物理很不拿手。）<br><br>主語 主格 述語 斷定助動詞<br>日本語で作文を書く の が 得意 です。<br><br>（擅長用日文寫作。） |

| 編號 | は | が | 例句 |
|---|---|---|---|
| 7 | × | 表情感 | 主語 主格 述語 斷定助動詞<br>ゴキブリ が 嫌<sup>きら</sup>い です。<br>（討厭蟑螂。）<br><br>主語 主格 述語 斷定助動詞<br>パンダ が 好<sup>す</sup>き です。<br>（喜歡貓熊。） |
| 8 | × | 陳述突然間發現的事實 | 主語 主格 述語 斷定助動詞<br>家<sup>いえ</sup>の鍵<sup>かぎ</sup> が ない です。<br>（家裡的鑰匙不見了。）<br><br>主語 主格 述語<br>タクシー が 来<sup>き</sup>ました。<br>（計程車來了。） |

## 步驟2：找出主語與述語所在

　　從圈起來的「は」或者「が」的位置找到了「主語」之後，接下來往後面再找「述語」。日文的述語通常都是在句子的最後，不過句中如果有「て」或「で」等中止形時，此時就要注意本句子的述語不止一個，可能是複數。

| 主語 | 主格 | | 述語 | 接續助詞 | | 述語 |
|---|---|---|---|---|---|---|

最近恋に落ちた 妹 が 、 いつもと違って 、 スカートを穿いている。

並列節　　　　　　　　主節

（最近陷入熱戀的妹妹，和平常不一樣，穿著裙子。）

　　此句主語為「が」之前的「妹」。因句中出現一個接續助詞「て」（中止形），所以述語有兩個，分別是「違う」與「穿いている」。其中「穿いている」所在的文節才是真正的述語，日文中稱為「主節」（主節）。而「違う」所在的文節，則稱為「並列節」（並列節）。

### 步驟3：主語與述語就定位之後，再往主語與述語之前，找出修飾語或補語

　　找出主語與述語的各自位置之後，看看主語與述語之前是否有一大串的文字。如果有的話，那大概就是主語或述語的「修飾語」。

<br>

| 修飾語 | 主語 | 主格 | | 述語 | 接續助詞 | 補語 | 受格 | 述語 |

最近恋に落ちた 妹 が 、いつもと違っ て 、スカート を 穿いている。

（最近陷入熱戀的妹妹，和平常不一樣，穿著裙子。）

<br>

　　此句的主語為「妹」，述語有兩個為「違う」與「穿いている」。述語沒有修飾語，主語「妹」的修飾語為「恋に落ちた」。其中一個述語「穿いている」是他動詞，補語為「スカート」。

### 步驟4：明確認清格助詞的用法

　　動詞當述語時，因為動詞分為自動詞與他動詞，如果在述語之前看到「を」，「を」之前的語彙就稱為「補語」（補語）或「目的語」（目的語）。因擔心與格助詞「に」表目的的說法混淆，「を」之前的語彙，在本書中統稱為「補語」。另外，日文中常見的格助詞還有「が」、「に」、「で」、「と」、「へ」、「から」、「まで」等，各有各自不同的用法，只要明確掌握分別的用法之後，日文句子的解讀能力，自然變得一流。

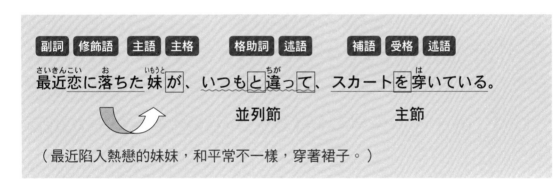

（最近陷入熱戀的妹妹，和平常不一樣，穿著裙子。）

　　此句主節述語「穿いている」之前有「を」，表示為他動詞「穿いている」的受格。「を」之前的「スカート」是「穿いている」動作的補語，中文意思為「穿裙子」。而並列節述語「違う」之前的「と」為格助詞，表示並列的對象「いつも」，中文意思為「和平常不一樣」。由以上主節與並列節的說明，不難看出格助詞的重要性。此類格助詞功能在中文中較少見，再次強調須勤加熟記到一眼就能看出其用法。另外，此句的第一個語彙「最近」，是時間副詞，中文意思為「最近」。

　　依循上述4個步驟，一一拆解句子再拼湊成全貌，任何再難的句子，都將難不倒，句子意思的掌握，也能更駕輕就熟。而培養這樣拆解、組合句子的解讀能力，還可以廣泛應用於日文作文、翻譯、甚至同步口譯方面。

　　下面整理出比較複雜、多樣的格助詞「を」、「に」、「で」、「と」的用法，請參考。

# 三、重要格助詞「を」、「に」、「で」、「と」的用法整理

**1.格助詞「を」的3種基本用法**

①表受格

例句

肉料理を食べるのは久しぶりである。

（終於吃到肉的料理了。）

【「を」為他動詞「食べる」的受格，上接補語「肉料理」。】

②表經過的場所、地點

例句

川を泳ぐ魚のように、自由に生きていきたい。

（希望像悠游在河中的魚兒一般，自由自在地活下去。）

【「を」接續於自動詞「泳ぐ」之前，意思為「泳ぐ」這個動作所經過的場所地點。「空を飛ぶ」、「道を渡る」、「トンネルを通る」、「山を登る」、「峠を越える」等「を」的用法都一樣。】

③表起始點

例句

学校が遠いから、朝早く家を出ることにしている。

（因為學校很遠，一大早就出門。）

【「を」接續於自動詞「出る」之前，表示「出る」動作的起始點。】

## 2.格助詞「に」的15種基本用法

①表時間

例句

父は毎朝６時に起きる。

（父親每天早上6點起床。）

②表時間的平均值

例句

週に一回彼氏に会いに行く。

（平均一週去見男朋友一次。）

一時間に汽車が一本出る。

（火車一小時開出一班。）

③表地點或存在點

例句

研究室(けんきゅうしつ)に誰(だれ)もいない。

（研究室裡一個人也沒有。）

④表靜態動詞動作發生的地點

例句

田舎(いなか)に住(す)むのは好(す)きですか。

（喜歡住在鄉下嗎？）

⑤表歸著、到達點

例句

椅子(いす)にきちんと坐(すわ)りなさい。

（請好好坐在椅子上。）

黒板(こくばん)に好(す)きな人(ひと)の笑顔(えがお)を描(か)いてください。

（請在黑板上描繪喜歡的人的笑臉。）

飛行機(ひこうき)は早朝(そうちょう)カナダのバンクーバーに到着(とうちゃく)する予定(よてい)である。

（飛機預定清晨到達加拿大的溫哥華。）

⑥表對象

例句

ご来賓に対して、失礼なことを言ってはいけない。

（不可以對來賓說出沒禮貌的話。）

⑦表結果

例句

今年の夏から、先生になる。

（今年夏天起，將成為老師。）

⑧表目的

例句

今晩、母と一緒に買い物に行く。

（今晚跟母親一起去買東西。）

この腕時計は、誕生日プレゼントに貰った。

（這個手錶是人家送我當生日禮物的。）

⑨表比較的基準

例句

生活習慣は、国によって違う。

（生活習慣因國籍不同而異。）

⑩表狀態

例句

この血<ruby>血<rt>ち</rt></ruby>に染<ruby>染<rt>そ</rt></ruby>まったナイフは、果<ruby>果<rt>は</rt></ruby>たして犯人<ruby>犯人<rt>はんにん</rt></ruby>が使<ruby>使<rt>つか</rt></ruby>った凶器<ruby>凶器<rt>きょうき</rt></ruby>だろうか。

（這隻沾滿血的刀子，果真是犯人用過的凶器嗎？）

⑪表原因、理由

例句

先生<ruby>先生<rt>せんせい</rt></ruby>は、学生<ruby>学生<rt>がくせい</rt></ruby>の非行<ruby>非行<rt>ひこう</rt></ruby>に困<ruby>困<rt>こま</rt></ruby>っている。

（教師為學生的偏差行為傷透腦筋。）

⑫表方法、手段

例句

ガラス越<ruby>越<rt>ご</rt></ruby>しに見<ruby>見<rt>み</rt></ruby>た彼<ruby>彼<rt>かれ</rt></ruby>が去<ruby>去<rt>さ</rt></ruby>っていく姿<ruby>姿<rt>すがた</rt></ruby>は、格別寂<ruby>格別寂<rt>かくべつさび</rt></ruby>しいものであった。

（透過玻璃看到他漸行漸遠的身影，令人格外感傷。）

⑬表副詞

例句

三角<ruby>三角<rt>さんかく</rt></ruby>に切<ruby>切<rt>き</rt></ruby>った板<ruby>板<rt>いた</rt></ruby>を何<ruby>何<rt>なん</rt></ruby>に使<ruby>使<rt>つか</rt></ruby>うのか。

（切成三角形的板子，要做什麼用呢？）

⑭表示強調（同一個動詞連用形＋に＋動詞）

例句

待ちに待った再会の日がやっとやって来た。

（終於等到重逢之日了。）


⑮敬語的主語（通常用於書信文）

例句

小森先生におかれましては益々ご健勝のこと、大慶に存じます。

（欣聞小森老師平安健康，真是可喜可賀。）


## 3.格助詞「で」的9種基本用法

①表動態動詞動作進行的地點

例句

この辺でしばらく待っていてください。

（請在這附近稍候。）


②表材料、工具、方法、手段

例句

スマートフォンで行きたい店の行き方を調べよう。

（用智慧型手機查詢想去的店家的走法吧。）

③表時間、數量的範圍

例句

海外旅行の申し込みは今週金曜日で締め切る。

（本週五截止報名國外旅遊。）

家族の中で、父が一番頑固である。

（家人當中，父親最為頑固。）

④表限度

例句

あと一ヶ月で卒業します。

（再過一個月就要畢業了。）

今日の打ち合わせは5時で終えることにする。

（今天的協商訂於5點結束。）

⑤表中止形

例句

彼は会長の初当選で、沢山の票を獲得した。

（他第一次當選會長，得票數很高。）

⑥表原因

例句

不景気で中小企業がダメージを受けている。
（ふ けい き）（ちゅうしょう き ぎょう）（う）

（因為不景氣，中小企業受到傷害。）


⑦表動作進行的狀態或方式

例句

この料理を一人で作るのは、簡単ではない。
（りょう り）（ひとり）（つく）（かんたん）

（一個人做這一道菜，不簡單。）


⑧表法源依據或資料來源

例句

男女交際は校内規則で禁止されている。
（だんじょこうさい）（こうない き そく）（きん し）

（校規明文禁止男女同學交往。）


⑨表動作的主體

例句

古跡の保護は町全体で実行すべきである。
（こ せき）（ほ ご）（まちぜんたい）（じっこう）

（保護古蹟，該由鎮民全體實際付出行動。）

## 4.格助詞「と」的3種基本用法

### ①表共同動作的對象

例句

午後3時に駅で友達と会うことにした。
<small>ご ご さん じ えき ともだち あ</small>

（決定跟朋友約好下午3點在車站碰面了。）

### ②表引用、稱呼的內容

例句

梅の花は中国語で「梅花」と言う。
<small>うめ はな ちゅうごく ご メイホァ い</small>

（梅花用中文叫做「梅花」。）

### ③接續副詞之後，增加臨場感

例句

彼が右から左へと走っている。
<small>かれ みぎ ひだり はし</small>

（他從右邊往左邊跑著。）

ゆっくりと休んでください。
<small>やす</small>

（請充分休息。）

# ❀ 練習題 ❀

　　請依上述的4個步驟，逐步拆解下面文章中的句子，找出主語、述語、修飾語、補語、格助詞等。

吾輩（わがはい）は猫（ねこ）である。名前（なまへ）はまだ無（な）い。

どこで生（うま）れたか頓（とん）と見當（けんたう）がつかぬ。何（なん）でも薄暗（うすぐら）いじめじめした所（ところ）で

ニヤーニヤー泣（な）いて居（ゐ）た事丈（ことだけ）は記憶（きおく）して居（ゐ）る。吾輩（わがはい）はこゝで始（はじ）めて人間（にんげん）

といふものを見（み）た。然（しか）もあとで聞（き）くと、それは書生（しよせい）といふ人間中（にんげんちゆう）で

一番獰惡（いちばんだうあく）な種族（しゆぞく）であつたさうだ。

# 第 6 課
## 太空站的第1站：
## 《夢十夜》「第一夜」

**學習重點：**

●歷史假名標示《夢十夜》「第一夜」

●《夢十夜》「第一夜」文法深度解析與中文翻譯

●專業立場賞析《夢十夜》「第一夜」的關鍵問題點

恭喜各位！賀喜各位！我們終於和太空站接軌，平安抵達了第一站。接下來就要應用到目前為止，各位聰明伙伴們所吸收的知識，實地解讀歷史假名標示的文學世界了！接下來就以夏目漱石的有名小品文《夢十夜》（夢十夜），當作實地解讀歷史假名標示的文學世界的範例，來一起賞析吧！

# 一、歷史假名標示《夢十夜》「第一夜」

《夢十夜》是夏目漱石最有名的小品文，創作於明治41年（1908），主要是描述10個夢境的故事。各自以「第一夜」、「第二夜」、「第三夜」等標題循序而至「第十夜」。其中「第一夜」、「第二夜」、「第三夜」、「第五夜」的故事都是以「こんな夢を見た」（我作了這樣的夢）來開頭，可見作者極力強調描述的內容都是夢境。雖然其他的「第四夜」、「第六夜」、「第七夜」、「第八夜」、「第九夜」、「第十夜」沒有以「こんな夢を見た」此句來開頭，但因為之前已經定位為夢境的故事，所以之後沒有以「こんな夢を見た」此句來開頭，大體上仍可以承襲夢境的解讀方式來閱讀。

匯集10個夢境的故事而成的《夢十夜》，每篇都是不折不扣、日文不超過3000個字的小品文，非常適合中級日文程度的日文學習者來賞析。透過這10個故事，除了可以學習到歷史假名的標示，也能徜徉於日文的美麗辭彙當中，還可以進入夏目漱石的文學世界。儘管《夢十夜》中的每一個夢境故事都不長，但是內容含意深厚，處處可見基督教思想、佛教思想、神道教思想、藝術觀等等，可謂發人深省。看似簡單的小品文，卻可以拿來多方位閱讀，真是饒

富意義、耐人尋味的佳作。

　　本書節錄了《夢十夜》之「第一夜」、「第三夜」、「第九夜」的全文，因為這三夜可以說是《夢十夜》最精華的一部分。

　　準備好了嗎？讓我們一起攜手邁向夏目漱石的文學世界吧！

　　こんな夢を見た。

　　腕組をして枕元に坐つて居ると、仰向に寝た女が、静かな声でもう死にますと云ふ。女は長い髪を枕に敷いて、輪郭の柔らかな瓜実顔を其の中に横たへてゐる。真白な頬の底に温かい血の色が程よく差して、唇の色は無論赤い。到底死にさうには見えない。然し女は静かな声で、もう死にますと判然云つた。自分も確に是れは死ぬなと思つた。そこで、さうかね、もう死ぬのかね、と上から覗き込む様にして聞いて見た。死にますとも、と云ひながら、女はぱつちりと眼を開けた。大きな潤のある眼で、長い睫に包まれた中は、只一面に真黒であつた。其の真黒な眸の奥に、自分の姿が鮮に浮かんでゐる。

　　自分は透き徹る程深く見える此の黒眼の色沢を眺めて、是でも死ぬのかと思つた。それで、ねんごろに枕の傍へ口を付けて、死ぬんぢやなからうね、大丈夫だらうね、と又聞き返した。すると女は黒い眼を眠さうに睜た儘、矢張り静かな声で、でも、死ぬんですもの、仕方がないわと云つた。

　　ぢや、私の顔が見えるかいと一心に聞くと、見えるかいつて、そら、

そこに、写つてるぢやありませんかと、にこりと笑つて見せた。自分は黙つて、顔を枕から離した。腕組をしながら、どうしても死ぬのかなと思つた。

　しばらくして、女が又かう云つた。

「死んだら、埋めて下さい。大きな真珠貝で穴を掘つて。そうして天から落ちて来る星の破片を墓標に置いて下さい。そうして墓の傍に待つてゐて下さい。又逢ひに来ますから」

　自分は、何時逢ひに来るかねと聞いた。

「日が出るでせう。それから日が沈むでせう。それから又出るでせう、さうして又沈むでせう。——赤い日が東から西へ、東から西へと落ちて行くうちに、——あなた、待つてゐられますか」

　自分は黙つて首肯た。女は静かな調子を一段張り上げて、

「百年待つてゐて下さい」と思ひ切つた声で云つた。

「百年、私の墓の傍に坐つて待つてゐて下さい。屹度逢ひに来ますから」

　自分は只待つてゐると答へた。すると、黒い眸のなかに鮮に見えた自分の姿が、ぼうつと崩れて来た。静かな水が動いて写る影を乱した様に、流れ出したと思つたら、女の眼がぱたりと閉ぢた。長い睫の間から涙が頬へ垂れた。——もう死んで居た。

　自分は夫れから庭へ下りて、真珠貝で穴を掘つた。真珠貝は大きな滑かな縁の鋭どい貝であつた。土をすくう度に、貝の裏に月の光が差して

きらきらした。湿つた土の匂もした。穴はしばらくして掘れた。女を其の中に入れた。さうして柔らかい土を、上からそつと掛けた。掛ける毎に真珠貝の裏に月の光が差した。

それから星の破片の落ちたのを拾つて来て、かろく土の上へ乗せた。星の破片は丸かつた。長い間大空を落ちている間に、角が取れて滑らかになつたんだらうと思つた。抱き上げて土の上へ置くうちに、自分の胸と手が少し暖かくなつた。

自分は苔の上に坐つた。是れから百年の間、かうして待つてゐるんだなと考へながら、腕組をして、丸い墓石を眺めてゐた。そのうちに、女の云つた通り日が東から出た。大きな赤い日であつた。それが又女の云つた通り、やがて西へ落ちた。赤いまんまで、のつと落ちて行つた。一つと自分は勘定した。

しばらくすると又唐紅の天道がのそりと上つて来た。さうして黙つて沈んで仕舞つた。二つと又勘定した。

自分はかう云ふ風に一つ二つと勘定して行くうちに、赤い日をいくつ見たか分らない。勘定しても、勘定しても、しつくせない程赤い日が頭の上を通り越して行つた。それでも百年がまだ来ない。仕舞には、苔の生えた丸い石を眺めて、自分は女に欺されたのではなからうかと思ひ出した。

すると石の下から斜に自分の方へ向いて青い茎が伸びて来た。見る間に長くなつて、丁度自分の胸のあたり迄来て留まつた。と思ふと、すら

りと、揺ぐ茎の頂に、心持首を傾けてゐた細長い一輪の蕾が、ふつくら
と瓣を開いた。真白な百合が鼻の先で骨に徹へるほど匂つた。そこへ遥
の上から、ぽたりと露が落ちたので、花は自分の重みでふらふらと動い
た。自分は首を前へ出して、冷たい露の滴る、白い花瓣に接吻した。自
分が百合から顔を離す拍子に思はず、遠い空を見たら、暁の星がたつた
一つ瞬いてゐた。

「百年はもう来てゐたんだな」と此の時始めて氣が付いた。

# ❀ 練習題 ❀

　　請參考第1、2課說明的原則,將文中的歷史假名標示,改寫成現代假名標示,並說明為什麼會變成如此?

# 二、《夢十夜》「第一夜」 文法深度解析與中文翻譯

**1.**

| 修飾語 | 補語 | 受格 | 述語 |

こんな　夢　を　見た。

（我作了這樣的夢。）

**2.**

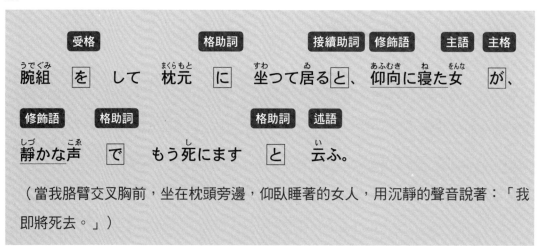

| 受格 | | 格助詞 | | 接續助詞 | 修飾語 | 主語 | 主格 |

腕組　を　して　枕元　に　坐つて居る　と、仰向に寝た女　が、

| 修飾語 | 格助詞 | | 格助詞 | 述語 |

静かな声　で　もう死にます　と　云ふ。

（當我胳臂交叉胸前，坐在枕頭旁邊，仰臥睡著的女人，用沉靜的聲音說著：「我即將死去。」）

**3.**

| 主語 | 係助詞 | 修飾語 | 補語 | 受格 | | 格助詞 | 述語 |

女は　長い　髪を　枕に　敷いて、

| 修飾語 | | 補語 | 受格 | 修飾語 | 格助詞 | | 述語 |

輪郭の柔らかな瓜実顔　を　其の中　に　横たへてゐる。

（女人將長髮鋪在枕頭上，輪廓分明的瓜子臉躺臥其中。）

問題：「其の中」指的是什麼的當中呢？

答案：「長い髪」。

**4.**

| 修飾語 | | 格助詞 | 修飾語 | 主語 | 主格 | 副詞 | 述語 | 修飾語 | 主語 |

真白な頬の底　に　温かい血の色　が　程よく差して、唇の色

| 係助詞 | 副詞 | 述語 |

は　無論　赤い。

（雪白的臉頰的底部泛起紅潤的血色，嘴唇不用說也是紅色。）

**5.**

| 副詞 | | 修飾語 | | 述語 |

到底　死にさうには　見えない。
（たうてい）（し）　　　（み）

（看起來怎麼也不像要死去似的。）

問題：「死にさうに」是由「死ぬ」變化過來的。是怎麼變化過來的呢？
答案：「死ぬ」的連用形加「そうだ」（樣態）而來。因為要接動詞「見える」，
　　　所以改成連用修飾「死にそうに」。又因「到底」後面要接續否定句，所以
　　　才要多加個「は」來強調否定。

**6.**

| 接續詞 | 主語 | 係助詞 | 修飾語 | 格助詞 | | 格助詞 | 副詞 |

然し　女　は　靜かな声　で、もう死にます　と　判然
（しか）（をんな）　（しづ）（こゑ）　　（し）　　　（はつきり）

| 述語 |

云つた。
（い）

（但是，女人仍用沉靜的聲音，清楚說著：「我即將死去。」）

**7.**

| 主語 | 係助詞 | 副詞 | 主語 | 係助詞 | 述語 | 終助詞 | 格助詞 | 述語 |

自分　も　確に　是れ　は　死ぬ　な　と　思つた。
（じぶん）　（たしか）（こ）　　　（し）　　　（おも）

（我也認為，的確她即將死亡吧！）

問題：「是れ」指的是什麼呢？
答案：指女人。

**8.**

> 接續詞
>
> そこで、さうかね、もう死(し)ぬのかね、 |と|　|格助詞|　上(うえ)から覗(のぞ)き込(こ)む樣(やう)に|修飾語|　して|述語|

> 述語
> 聞(き)いて　見(み)た。|述語|

（於是，我從上面窺視般地試著問了問她：「是這樣嗎？即將死去嗎？」）

**9.**

> |終助詞| |格助詞|　|接續助詞| |主語| |係助詞|　|副詞|　|補語|
> 死(し)にます　|とも、| |と|　云(い)ひながら、女(をんな)　|は|　ぱつちりと　眼(め)

> |受格| |述語|
> |を|　開(あ)けた。

（女人一邊睜大眼睛，一邊回答著：「當然即將死去。」）

**10.**

> |修飾語|　|格助詞| |修飾語| |格助詞|　|主語| |係助詞|
> 大(おほ)きな潤(うるほひ)のある眼(め)　|で、|長(なが)い睫(まつげ)　|に|　包(つつ)まれた中(なか)　|は、|只(ただ)

> |副詞| |述語| |斷定助動詞|
> 一面(いちめん)に　真黒(まつくろ)　であつた。

（長長睫毛包覆著的是晶瑩剔透的雙眸，一片漆黑。）

**11.**

| 修飾語 | | 格助詞 | 修飾語 | 主語 | 主格 | 副詞 | 述語 |
|---|---|---|---|---|---|---|---|

其の真黒な眸の奥　に、自分の　姿　が　鮮に　浮かんでゐる。

（自己的身影，清晰地浮現在那黝黑深邃的雙眸深處。）

**12.**

| 接續詞 | 副詞 | 修飾語 | 格助詞 | 補語 | 受格 | 述語 |
|---|---|---|---|---|---|---|

それで、ねんごろに　枕の傍　へ　口　を　付けて、

| 述語 | 述語 | 格助詞 | 副詞 | 述語 |
|---|---|---|---|---|

死ぬんぢやなからうね、大丈夫だらうね、と　又　聞き返した。

（於是，我殷切地將嘴巴湊近枕頭邊，又回問她說：「不會是要死了吧！沒關係吧！」）

提示：接下來的句子，主語常常被省略，要多多注意到底是誰說了這句話。

**13.**

| 接續詞 | 主語 | 係助詞 | 修飾語 | 副詞 | 修飾語 |
|---|---|---|---|---|---|

すると　女　は　黒い眼を眠さうに睜た儘、矢張り　靜かな声

| 格助詞 | 接續助詞 | 格助詞 | 述語 |
|---|---|---|---|

で、でも、死ぬんですもの、仕方がないわ　と　云つた。

（這麼一來，女人睜大惺忪的睡眼，依然用沉靜的聲音說道：「可是，就是要死了！這是沒辦法的呀！」）

**14.**

接續詞 修飾語 主語 主格 述語 格助詞 格助詞

ぢや、私の　顔　が　見えるかいと　　一心に聞くと、

感嘆詞　　　　　　　　　格助詞　　　　　　　　　　格助詞

見えるかいつて、　そら、そこ　に、写つてるぢやありませんか　と、

副詞　　　述語　　　述語

にこりと　笑つて　見せた。

（我認真問她：「那麼，你看得到我的臉嗎？」她回答說：「你問我看得到嗎？你看！不就浮現在我的眼睛上嗎？」便對著我莞爾一笑。）

問題①：「ぢや、私の顔が見えるかい」是誰說的話？
問題②：「見えるかいつて、そら、そこに、写つてるぢやありませんか」是誰說的話？
答案①：「自分」。
答案②：「女」。

**15.**

主語 係助詞 述語 補語 受格 格助詞 述語 補語 受格

自分　は　黙つて、　顔　を　枕　から　離した。腕組　を

接續助詞　　　副詞　　　　終助詞　格助詞　述語

しながら、　どうしても　死ぬのかな　と　思つた。

（我沉默並將臉從枕邊移開。一邊雙手交叉環抱在胸前，一邊思考著：「她無論如何都要死嗎？」）

**16.**

| 副詞 | 接續助詞 | 主語 | 主格 | 副詞 | 副詞 | 述語 |

しばらく　し<u>て</u>、　女　<u>が</u>　又（また）　かう　云（い）つた。

（過了不久，女人又如此說道。）

**17.**

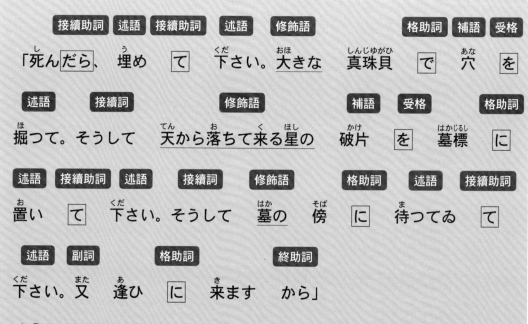

| 接續助詞 | 述語 | 接續助詞 | 述語 | 修飾語 | | 格助詞 | 補語 | 受格 |

「死ん<u>だら</u>、　埋（う）め　<u>て</u>　下（くだ）さい。<u>大（おほ）きな</u>　真珠貝（しんじゆがひ）　<u>で</u>　穴（あな）　<u>を</u>

| 述語 | 接續詞 | | 修飾語 | | 補語 | 受格 | | 格助詞 |

掘（ほ）つて。そうして　<u>天（てん）から落（お）ちて来（く）る星（ほし）の</u>　破片（かけ）　<u>を</u>　墓標（はかじるし）　<u>に</u>

| 述語 | 接續助詞 | 述語 | | 接續詞 | 修飾語 | 格助詞 | 述語 | 接續助詞 |

置（お）い　<u>て</u>　下（くだ）さい。そうして　<u>墓（はか）の</u>　傍（そば）　<u>に</u>　待（ま）つてゐ　<u>て</u>

| 述語 | 副詞 | | 格助詞 | | 終助詞 |

下（くだ）さい。又（また）　逢（あ）ひ　<u>に</u>　来（き）ます　から」

（「我死了的話，請用大大的珍珠貝殼挖墓穴，幫我埋葬。然後，請再撿起從天上掉下來的隕石當墓碑放置。之後，請一直在墓旁等候著我。因為我一定會回來跟你重逢。」）

提示：說此句話的人（主語），在前面那一句已經點出來了。

**18.**

| 主語 | 係助詞 | 副詞 | | 格助詞 | 述語 | 終助詞 | 格助詞 | 述語 |

自分（じぶん） は、何時（いつ） 逢（あ）ひ に 来（く）る かね と 聞（き）いた。

（我問道：「什麼時候回來重逢呢？」）

**19.**

| 主語 | 主格 | 述語 | 斷定助動詞 | 接續詞 | 主語 | 主格 | 述語 | 斷定助動詞 |

「日（ひ） が 出（で）る でせう。それから 日（ひ） が 沈（しづ）む でせう。

| 接續詞 | 副詞 | 述語 | 斷定助動詞 | 接續詞 | 副詞 | 述語 | 斷定助動詞 |

それから 又（また） 出（で）る でせう、 さうして 又（また） 沈（しづ）む でせう。

| 修飾語 | 主語 | 主格 | | 修飾語 | | 格助詞 |

——赤（あか）い日（ひ） が 東（ひがし）から西（にし）へ、東（ひがし）から西（にし）へ と 落（お）ちて行（ゆ）くうち

| 修飾語 |

| 格助詞 | | 述語 | | 終助詞 |

に、——あなた、待（ま）つてゐられます か」

（女人回答說：「太陽東昇吧！然後太陽西沉吧！之後又東昇，然後又西沉吧！
紅紅的太陽，由東往西、由東往西地落下之際，你會等待著我嗎？」）

提示：說這一句話的人（主語），沒有寫出來。依文章脈絡來看，主語是「女（おんな）」。

**20.**

| 主語 | 係助詞 | 述語 | 述語 |
|------|--------|------|------|

自分<sub>じぶん</sub>　は　黙<sub>だま</sub>つて　首肯<sub>うなづい</sub>た。

（我沉默並點頭。）

**21.**

| 主語 | 係助詞 | 修飾語 | 補語 | 受格 | 副詞 | 述語 |
|------|--------|--------|------|------|------|------|

女<sub>をんな</sub>　は　靜<sub>しづ</sub>かな調子<sub>てうし</sub>　を　一段<sub>いちだん</sub>　張<sub>は</sub>り上<sub>あ</sub>げて、

| 副詞 | 述語 | 格助詞 | 修飾語 | 格助詞 | 述語 |
|------|------|--------|--------|--------|------|

「百年<sub>ひやくねん</sub>　待<sub>ま</sub>つてゐて下さい」　と　思<sub>おも</sub>ひ切<sub>き</sub>つた声<sub>こゑ</sub>　で　云<sub>い</sub>つた。

（女人更加提高沉靜的聲調，用毅然決然的聲音，說道：「請等我100年！」）

**22.**

| 副詞 | 修飾語 | 格助詞 | 述語 | 副詞 |
|------|--------|--------|------|------|

「百年<sub>ひやくねん</sub>、私<sub>わたし</sub>の墓<sub>はか</sub>の傍<sub>そば</sub>　に　坐<sub>すわ</sub>つて待<sub>ま</sub>つてゐて下<sub>くだ</sub>さい。屹度<sub>きつと</sub>

| 格助詞 | 述語 | 終助詞 |
|--------|------|--------|

逢<sub>あ</sub>ひ　に　来<sub>き</sub>ます　から」。

（「請坐在我的墓旁等我100年。我一定會回來跟你重逢的。」）

提示：這句話雖然沒清楚標出說話的人（主語），其實是承接上一句而來，主語是「女<sub>おんな</sub>」。

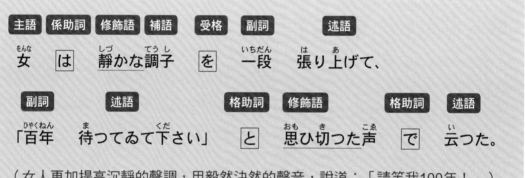
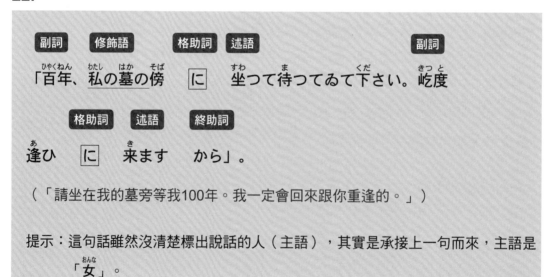

**23.**

| 主語 | 係助詞 | 副詞 | | 格助詞 | 述語 |
|---|---|---|---|---|---|

自分（じぶん）は 只（ただ）待（ま）つてゐる と 答（こた）へた。

（我只是回答說：「我會等待著。」）

**24.**

| 接續詞 | 修飾語 | 格助詞 | | 主語 | 主格 | 副詞 |
|---|---|---|---|---|---|---|

すると、黒（くろ）い眸（ひとみ）のなかに 鮮（あざやか）に見（み）えた自分（じぶん）の姿（すがた）が、ぼうつと

| 述語 |
|---|

崩（くづ）れて来（き）た。

（於是，鮮明地浮現在女人黑色眼眸的我的影像，突然模糊了。）

提示：原因說明在接下來的第二句。

**25.**

| 修飾語 | 主語 | 主格 | 述語 | 修飾語 | 補語 | 受格 | 述語 | 述語 |
|---|---|---|---|---|---|---|---|---|

靜（しづ）かな 水（みづ）が 動（うご）いて 写（うつ）る影（かげ）を 乱（みだ）した様（やう）に、流（なが）れ出（だ）した

| 格助詞 | 接續助詞 | 修飾語 | 主語 | 主格 | 副詞 | 述語 |
|---|---|---|---|---|---|---|

と 思（おも）つたら、女（をんな）の眼（め）が ぱたりと 閉（と）ぢた。

（像是靜止的水因搖晃打亂了倒影一般，當我覺得就要流出來時，女人的眼睛
突然閉了起來。）

提示：「靜（しづ）かな水（みづ）」與「流（なが）れ出（だ）した」是比喻什麼動作呢？

**26.**

| 修飾語 | | 格助詞 | 主語 | 主格 | | 格助詞 | 述語 |
|---|---|---|---|---|---|---|---|

長い睫の間 から 涙 が 頬 へ 垂れた。

| | 副詞 | | 述語 |
|---|---|---|---|

──もう 死んで居た。

（從長長的睫毛當中，眼淚往臉頰掉落。女人已經死了。）

提示：至此終於明白前面兩句是描寫著「流淚」的情景。

**27.**

| 主語 | 係助詞 | 接續詞 | | 格助詞 | 述語 | | 格助詞 | 補語 |
|---|---|---|---|---|---|---|---|---|

自分 は 夫れから 庭 へ 下りて、真珠貝 で 穴

| 受格 | 述語 |
|---|---|

を 掘つた。

（我之後往庭院走下，用珍珠貝殼挖墓穴。）

提示：由「庭へ下りて」可以看出，此處由室內走出庭院，轉換了場景。

**28.**

| 主語 | 係助詞 | 修飾語 | | 述語 |
|------|--------|--------|---|------|
| 真珠貝 | は | 大きな滑かな縁 | の 鋭どい | 貝であつた。 |

（珍珠貝殼是有著又大又圓滑的邊緣的尖銳貝殼。）

問題：「縁」的修飾語有哪些？

答案：「大きな」和「滑かな」。

問題：「貝」的修飾語為何？

答案：「縁の鋭どい」。

**29.**

| 補語 | 受格 | 述語 | 副詞 | 修飾語 | 格助詞 | 修飾語 | 主語 | 主格 |
|------|------|------|------|--------|--------|--------|------|------|
| 土 | を | すくう | 度に、 | 貝の裏 | に | 月の光 | | が |

| 述語 | 接續助詞 | 述語 |
|------|----------|------|
| 差して | | きらきらした。 |

（每當我挖土的時候，月光照射在珍珠貝殼的背面，閃閃發光。）

**30.**

| 修飾語 | 主語 | 係助詞 | 述語 |
|--------|------|--------|------|
| 湿つた土の匂 | | も | した。 |

（也聞到潮濕的泥土味道。）

## 31.

| 主語 | 係助詞 | 述語 | 接續助詞 | 述語 |

穴<sub>あな</sub> は しばらくして 掘<sub>ほ</sub>れた。

（墓穴不久就挖好了。）

提示：目前出現過「掘<sub>ほ</sub>る」（他動詞）與「掘<sub>ほ</sub>れる」（自動詞），請注意兩個動詞
的差異性。

## 32.

| 補語 | 受格 | 修飾語 | 格助詞 | 述語 |

女<sub>をんな</sub> を 其<sub>そ</sub>の中<sub>なか</sub> に 入<sub>い</sub>れた。

（我將女人放入其中。）

問題：「其<sub>そ</sub>の中<sub>なか</sub>」指的是什麼？
答案：墓穴之中。

## 33.

| 接續詞 | 修飾語 | 補語 | 受格 | 格助詞 | 副詞 | 述語 |

さうして 柔<sub>やは</sub>らかい 土<sub>つち</sub> を、 上<sub>うへ</sub> から そつと 掛<sub>か</sub>けた。

（然後，輕輕地從上面覆蓋柔軟的泥土。）

**34.**

| 修飾語 | 副詞 | 修飾語 | 格助詞 | 修飾語 | 主語 | 主格 | 述語 |
|---|---|---|---|---|---|---|---|

掛<small>か</small>ける　毎<small>たび</small>に　真珠貝<small>しんじゆがい</small>の裏<small>うら</small>　に　月<small>つき</small>の光<small>ひかり</small>　が　差<small>さ</small>した。

（每當覆蓋上柔軟的泥土，月光就照射在珍珠貝殼的背面。）

**35.**

| 接續詞 | 修飾語 | 形式名詞 | 受格 | 述語 | 副詞 | 修飾語 |
|---|---|---|---|---|---|---|

それから　星<small>ほし</small>の破片<small>かけ</small>の落<small>お</small>ちたの　を　拾<small>ひろ</small>つて来<small>き</small>て、かろく　土<small>つち</small>の

| 格助詞 | 述語 |
|---|---|

上<small>うへ</small>　へ　乗<small>の</small>せた。

（之後，我將隕石的碎片撿來，輕輕地放在泥土的上面。）

提示：請分辨「星<small>ほし</small>の破片<small>かけ</small>の落<small>お</small>ちたの」句中3個「の」的不同用法。

**36.**

| 修飾語 | 主語 | 係助詞 | 述語 |
|---|---|---|---|

星<small>ほし</small>の破片<small>かけ</small>　は　丸<small>まる</small>かつた。

（隕石碎片是圓滑的。）

提示：隕石碎片為什麼會是圓滑的呢？下一句找得到答案。

**37.**

| 副詞 | 補語 | 受格 | | 副詞 | 主語 | 主格 | 述語 | 接續助詞 |

長い間　大空　を　落ちている間に、角　が　取れて

| 述語 | | 格助詞 | 述語 |

滑らかになつたんだらう　と　思つた。

（我想是因為長時間墜落太空時，銳角被磨到圓滑了吧！）

提示：隕石碎片為什麼會圓滑呢？在此找到了答案。

**38.**

| 述語 | 修飾語 | 格助詞 | | 副詞 | 修飾語 | 主語 | 格助詞 | 主語 |

抱き上げて　土の上　へ　置くうちに、自分の胸　と　手

| 主格 | 副詞 | 副詞 | 述語 |

が　少し　暖かくなつた。

（當我抱起隕石放在土堆上時，我的胸口以及手感到些許暖和。）

問題：「少し暖かくなつた」的主語有哪些？
答案：「自分の胸」與「手」。

**39.**

| 主語 | 係助詞 | | 格助詞 | 述語 |
|------|--------|--|--------|------|

自分　は　苔の上　に　坐つた。

（我坐在青苔上。）

**40.**

| 接續詞 | 副詞 | 副詞 | 述語 | 終助詞 | 格助詞 |
|--------|------|------|------|--------|--------|

是れから　百年の間、かうして　待つてゐるんだ　な　と

| 述語 | 接續助詞 | 受格 | 接續助詞 | 修飾語 | 補語 | 受格 | 述語 |
|------|----------|------|----------|--------|------|------|------|

考へながら、腕組　を　して、丸い　墓石　を　眺めてゐた。

（我一邊想著：「之後，百年間，我要這樣等待著吧！」一邊交臂環抱胸前，眺望著圓形的墓碑。）

問題：交臂環抱胸前，眺望著圓形的墓碑時，「自分」心中想著的，是什麼樣的事
　　　情呢？

答案：「是れから百年の間、かうして待つてゐるんだな」。

**41.**

| 副詞 | 修飾語 | 主語 | 主格 | 格助詞 | 述語 |
|------|--------|------|------|--------|------|

そのうちに、女の云つた通り　日　が　東　から　出た。

（這當中，如同女人所說的一樣，太陽由東邊昇起。）

**42.**

修飾語 述語 斷定助動詞

大<sub>おほ</sub>きな赤<sub>あか</sub>い 日<sub>ひ</sub> であつた。

（是個又大又紅的太陽。）

提示：主語跟下一句一樣是「それ」，在此被省略了。

**43.**

主語 主格 副詞 副詞 副詞 格助詞 述語

それ が 又<sub>また</sub> 女<sub>をんな</sub>の云<sub>い</sub>つた通<sub>とほ</sub>り、 やがて 西<sub>にし</sub> へ 落<sub>お</sub>ちた。

（那又如同女人所說的一般，不久又西沉了。）

**44.**

修飾語 格助詞 副詞 述語

赤<sub>あか</sub>いまんま で、 のつと 落<sub>お</sub>ちて行<sub>い</sub>つた。

（太陽紅紅地，又很快地西沉了。）

**45.**

格助詞 主語 係助詞 述語

一<sub>ひと</sub>つ と 自分<sub>じぶん</sub> は 勘定<sub>かんぢやう</sub>した。

（我數了一。）

**46.**

|述語| |接續詞| |副詞| |接續詞| |主語| |主格| |副詞|

しばらくする と 又 唐紅の天道 が のそりと

|述語|

上って来た。

（過了不久，紅紅的太陽又慢慢從東邊昇起。）

**47.**

|接續詞| |述語| |述語|

さうして 黙つて沈んで仕舞つた。

（太陽又默默西沉了。）

提示：主語與前面那一句相同，是「唐紅の天道」。

**48.**

|格助詞| |副詞| |述語|

二つ と 又 勘定した。

（我又數了二。）

提示：省略了主語「自分」。

**49.**

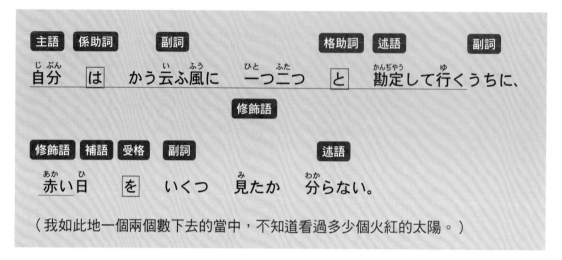

| 主語 | 係助詞 | | 副詞 | | | 格助詞 | 述語 | | 副詞 |
|---|---|---|---|---|---|---|---|---|---|

自分（じぶん）　は　　かう云ふ風（いふう）に　　一つ二つ（ひとふた）　　と　　勘定（かんぢやう）して行（ゆ）くうちに、

| 修飾語 |
|---|

| 修飾語 | 補語 | 受格 | 副詞 | | | 述語 | |
|---|---|---|---|---|---|---|---|

赤（あか）い日（ひ）　　を　　いくつ　　見（み）たか　　分（わか）らない。

（我如此地一個兩個數下去的當中，不知道看過多少個火紅的太陽。）

**50.**

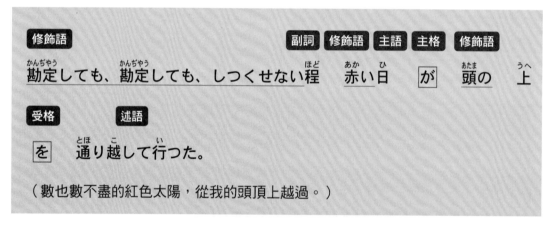

| 修飾語 | | | | 副詞 | 修飾語 | 主語 | 主格 | 修飾語 |
|---|---|---|---|---|---|---|---|---|

勘定（かんぢやう）しても、勘定（かんぢやう）しても、しつくせない程（ほど）　赤（あか）い日（ひ）　が　頭（あたま）の　上（うへ）

| 受格 | | 述語 |
|---|---|---|

を　　通（とほ）り越（こ）して行（い）つた。

（數也數不盡的紅色太陽，從我的頭頂上越過。）

**51.**

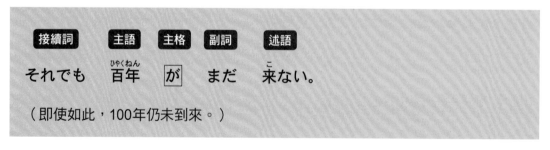

| 接續詞 | 主語 | 主格 | 副詞 | 述語 |
|---|---|---|---|---|

それでも　百年（ひやくねん）　が　まだ　来（こ）ない。

（即使如此，100年仍未到來。）

**52.**

副詞　修飾語　補語　受格　述語　主語　係助詞　格助詞

仕舞(しまひ)には、苔(こけ)の生(は)えた丸(まる)い石(いし)　を　眺(なが)めて、自分(じぶん)　は　女(をんな)　に

格助詞　述語

欺(だま)されたのではなからうか　と　思(おも)ひ出(だ)した。

（最後我眺望著長滿青苔的圓石（墓碑），想起自己是不是被女人騙了？）

**53.**

接續詞　格助詞　副詞　格助詞　述語

すると　石(いし)の下(した)　から　斜(はす)に　自分(じぶん)の方(はう)　へ　向(む)いて

修飾語　主語　主格　述語

青(あを)い茎(くき)　が　伸(の)びて来(き)た。

（此時，青梗從石頭下方，斜斜地往我的方向伸過來。）

問題：主語「青(あを)い茎(くき)」的述語有哪幾個？
答案：「向(む)く」與「伸(の)びて来(く)る」。

**54.**

| 副詞 | 副詞 | 述語 | 副詞 | 修飾語 | 格助詞 |
|---|---|---|---|---|---|

見る間に　　長くなつて、丁度　　自分の胸のあたり　　迄

| 述語 |
|---|

来て留まつた。

（眼見越長越長，剛剛好來到我的胸前停了下來。）

問題：本句主語為何？

答案：本句承接上一句，主語為「青い茎」。

**55.**

| 修飾語 | 主語 | 主格 | 修飾語 | 格助詞 | 修飾語 | 副詞 | 述語 |
|---|---|---|---|---|---|---|---|

真白な百合　　が　　鼻の先　　で　　骨に徹へるほど　　匂つた。

（雪白的百合花在我的鼻尖散發出徹骨的芳香。）

**56.**

| 格助詞 | 修飾語 | 格助詞 | | 副詞 | 主語 | 主格 | | 接續助詞 | 主語 |

そこ ┃へ┃ 遥(はるか)の上(うへ)┃から┃、ぽたりと 露(つゆ) ┃が┃ 落(お)ちた┃ので┃、花(はな)

| 係助詞 | 修飾語 | 格助詞 | 副詞 | 述語 |

┃は┃ 自分(じぶん)の重(おも)み ┃で┃ ふらふらと 動(うご)いた。

（從遙遠的天上，啪躂一聲，露珠落到百合花上。於是百合花因為本身的重量而搖搖晃晃地搖擺著。）

問題：「そこ」是指什麼呢？
答案：「百合(ゆり)」。

**57.**

| 主語 | 係助詞 | 補語 | 受格 | | 格助詞 | 述語 | | 修飾語 |

自分(じぶん) ┃は┃ 首(くび) ┃を┃ 前(まへ) ┃へ┃ 出(だ)して、冷(つめ)たい露(つゆ)の滴(した)る、白(しろ)い

| 格助詞 | 述語 |

花瓣(はなびら) ┃に┃ 接吻(せつぷん)した。

（我將頭往前伸出，輕吻了冰冷露珠沾濕的白色百合花瓣。）

問題：「花瓣(はなびら)」修飾語有哪些？
答案：「冷(つめ)たい露(つゆ)の滴(した)る」與「白(しろ)い」。

**58.**

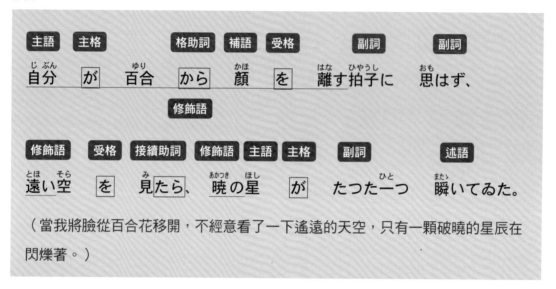

| 主語 | 主格 | | 格助詞 | 補語 | 受格 | | 副詞 | | 副詞 |
|---|---|---|---|---|---|---|---|---|---|

自分（じぶん）　が　百合（ゆり）　から　顔（かほ）　を　離（はな）す拍子（ひやうし）に　思（おも）はず、

| | 修飾語 | | | | |
|---|---|---|---|---|---|

| 修飾語 | | 受格 | 接續助詞 | 修飾語 | 主語 | 主格 | | 副詞 | | 述語 |
|---|---|---|---|---|---|---|---|---|---|---|

遠（とほ）い空（そら）　を　見（み）たら、　暁（あかつき）の星（ほし）　が　たつた一つ　瞬（またゝ）いてゐた。

（當我將臉從百合花移開，不經意看了一下遙遠的天空，只有一顆破曉的星辰在閃爍著。）

**59.**

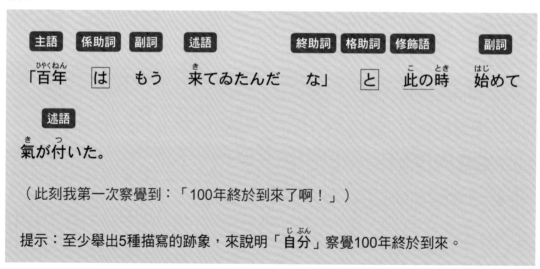

| 主語 | 係助詞 | 副詞 | 述語 | | 終助詞 | 格助詞 | 修飾語 | | 副詞 |
|---|---|---|---|---|---|---|---|---|---|

「百年（ひやくねん）　は　もう　來（き）てゐたんだ　な」　と　此（こ）の時（とき）　始（はじ）めて

| 述語 | |
|---|---|

氣（き）が付（つ）いた。

（此刻我第一次察覺到：「100年終於到來了啊！」）

提示：至少舉出5種描寫的跡象，來說明「自分（じぶん）」察覺100年終於到來。

# 三、基本問題：深入了解《夢十夜》
# 「第一夜」

1.《夢十夜》「第一夜」作者是誰？

2.《夢十夜》「第一夜」作品中出現的人物有誰？

3.從《夢十夜》文中，找出轉換場景的描述地方。

4.從《夢十夜》文中，挑出「自分」等待了很長的一段時間的描寫。

# 四、思考問題：徜徉在《夢十夜》「第一夜」的世界

1.為什麼非設定「百年」不可呢？

2.為什麼非設定「夢境」的描述不可呢？

3.「百合花」的含意為何？

4.你認為「自分」與「女」是什麼關係？又為什麼會這麼認為？

5.你認為《夢十夜》「第一夜」的主題為何？

6.從任何角度都可以，就你個人觀點，評論《夢十夜》「第一夜」的優劣。

# 披露你不可不知有關漱石的內幕

### ⑨ 漱石文學中的三角關係

　　三角關係，是漱石文學裡的一個重要主題。自《三四郎》（明治41年（1908））以來，至辭世之作《明暗》（大正5年（1916））為止，這之間的作品常常出現三角關係這樣的主題，因此不禁讓人起疑，此乃漱石的原生初體驗嗎？

　　又，作品間也常常出現「嫂子」這樣的人物，不禁引發研究者的好奇心，抽絲剝繭地企圖找出原因，甚至將漱石對三哥「直矩<sup>なおのり</sup>」的妻子「登世<sup>とせ</sup>」充滿好感一事聯想在一起。不論真實與否，三角關係的確是自古至今，人類難以克服的課題。

### ⑩ 漱石夫人的存在

　　夏目漱石的夫人鏡子與漱石結褵30年以來，雖然歷經鏡子跳井自殺未遂、離家出走等等夫妻不合的事件，而且鏡子頭髮稀疏、後腦禿頭、拿舊和服典當充當生活費、晚睡晚起等事情，也常常被漱石拿來寫入作品當中，只要是親近漱石的人或是大部分的漱石研究者，都會認為鏡子對漱石而言是「惡妻」，但是儘管如此，仍不可否認，即使鏡子不是漱石的賢內助，她仍然是在漱石背後，支撐這一代巨擘的一大支柱，甚至可以說如果沒有鏡子，就不會有近代文豪夏目漱石。

　　特別值得一提的是，在漱石逝世之後，鏡子用口述的方式、由漱石弟子也是長女筆子的夫婿「松岡讓」執筆，共同完成了《漱石の思ひ出》（漱石的回憶），並出版問世。鮮為人知或令人不敢置信的漱石家庭生活的真實一面，活生生地被公諸於世。這也在被弟子們神格化的漱石身上，添加了幾許他為人夫、為人父的人性化的一面。如此之下，得以完整呈現出一代巨擘的風貌。

# 五、參考：現代假名標示
## 《夢十夜》「第一夜」

こんな夢を見た。

　腕組をして枕元に坐っていると、仰向に寝た女が、静かな声でもう死にますと云う。女は長い髪を枕に敷いて、輪郭の柔らかな瓜実顔をその中に横たえている。真白な頬の底に温かい血の色がほどよく差して、唇の色は無論赤い。とうてい死にそうには見えない。しかし女は静かな声で、もう死にますと判然云った。自分も確にこれは死ぬなと思った。そこで、そうかね、もう死ぬのかね、と上から覗き込むようにして聞いて見た。死にますとも、と云いながら、女はぱっちりと眼を開けた。大きな潤のある眼で、長い睫に包まれた中は、ただ一面に真黒であった。その真黒な眸の奥に、自分の姿が鮮に浮かんでいる。

　自分は透き徹るほど深く見えるこの黒眼の色沢を眺めて、これでも死ぬのかと思った。それで、ねんごろに枕の傍へ口を付けて、死ぬんじゃなかろうね、大丈夫だろうね、とまた聞き返した。すると女は黒い眼を眠そうに睜たまま、やっぱり静かな声で、でも、死ぬんですもの、仕方がないわと云った。

　じゃ、私の顔が見えるかいと一心に聞くと、見えるかいって、そら、そこに、写ってるじゃありませんかと、にこりと笑って見せた。自分は黙って、顔を枕から離した。腕組をしながら、どうしても死ぬのかなと

思った。

　しばらくして、女がまたこう云った。

「死んだら、埋めて下さい。大きな真珠貝で穴を掘って。そうして天から落ちて来る星の破片を墓標に置いて下さい。そうして墓の傍に待っていて下さい。また逢いに来ますから」

　自分は、いつ逢いに来るかねと聞いた。

「日が出るでしょう。それから日が沈むでしょう。それからまた出るでしょう、そうしてまた沈むでしょう。——赤い日が東から西へ、東から西へと落ちて行くうちに、——あなた、待っていられますか」

　自分は黙って首肯た。女は静かな調子を一段張り上げて、

「百年待っていて下さい」と思い切った声で云った。

「百年、私の墓の傍に坐って待っていて下さい。きっと逢いに来ますから」

　自分はただ待っていると答えた。すると、黒い眸のなかに鮮に見えた自分の姿が、ぼうっと崩れて来た。静かな水が動いて写る影を乱したように、流れ出したと思ったら、女の眼がぱちりと閉じた。長い睫の間から涙が頬へ垂れた。——もう死んでいた。

　自分はそれから庭へ下りて、真珠貝で穴を掘った。真珠貝は大きな滑かな縁の鋭どい貝であった。土をすくうたびに、貝の裏に月の光が差してきらきらした。湿った土の匂もした。穴はしばらくして掘れた。女をその中に入れた。そうして柔らかい土を、上からそっと掛けた。掛ける

たびに真珠貝の裏に月の光が差した。

　それから星の破片落ちたのを拾って来て、かろく土の上へ乗せた。星の破片は丸かった。長い間大空を落ちている間に、角が取れて滑かになったんだろうと思った。抱き上げて土の上へ置くうちに、自分の胸と手が少し暖かくなった。

　自分は苔の上に坐った。これから百年の間こうして待っているんだなと考えながら、腕組をして、丸い墓石を眺めていた。そのうちに、女の云った通り日が東から出た。大きな赤い日であった。それがまた女の云った通り、やがて西へ落ちた。赤いまんまでのっと落ちて行った。一つと自分は勘定した。

　しばらくするとまた唐紅の天道がのそりと上って来た。そうして黙って沈んでしまった。二つとまた勘定した。

　自分はこう云う風に一つ二つと勘定して行くうちに、赤い日をいくつ見たか分らない。勘定しても、勘定しても、しつくせないほど赤い日が頭の上を通り越して行った。それでも百年がまだ来ない。しまいには、苔の生えた丸い石を眺めて、自分は女に欺されたのではなかろうかと思い出した。

　すると石の下から斜に自分の方へ向いて青い茎が伸びて来た。見る間に長くなってちょうど自分の胸のあたりまで来て留まった。と思うと、すらりと揺ぐ茎の頂に、心持首を傾けていた細長い一輪の蕾が、ふっくらと花弁を開いた。真白な百合が鼻の先で骨に徹えるほど匂った。そこ

へ遥の上から、ぽたりと露が落ちたので、花は自分の重みでふらふらと動いた。自分は首を前へ出して冷たい露の滴る、白い花弁に接吻した。自分が百合から顔を離す拍子に思わず、遠い空を見たら、暁の星がたった一つ瞬いていた。

「百年はもう来ていたんだな」とこの時始めて気がついた。

# 第 7 課

## 太空站的第2站：
## 《夢十夜》「第三夜」

**學習重點：**

●歷史假名標示《夢十夜》「第三夜」

●《夢十夜》「第三夜」文法深度解析與中文翻譯

●專業立場賞析《夢十夜》「第三夜」的關鍵問題點

成功挑戰了太空站第1站之後，我們的夏目漱石號太空船即將來到太空站第2站。預定挑戰《夢十夜》「第三夜」，大家同心協力一起加油吧！

# 一、歷史假名標示《夢十夜》「第三夜」

如同前一課所言，本書中節錄了《夢十夜》最精華的一部分：「第一夜」、「第三夜」、「第九夜」全文來賞析。於是繼「第一夜」之後，接下來一起來賞析「第三夜」吧！

こんな夢を見た。

六つになる子供を負つてる。慥に自分の子である。只不思議な事には何時の間にか眼が潰れて、青坊主になつてゐる。自分が御前の眼は何時潰れたのかいと聞くと、なに昔からさと答へた。聲は子供の聲に相違ないが、言葉つきは丸で大人である。しかも對等だ。

左右は青田である。路は細い。鷺の影が時々闇に差す。

「田圃へ掛つたね」と脊中で云つた。

「どうして解る」と顔を後ろへ振り向ける様にして聞いたら、

「だつて鷺が鳴くぢやないか」と答へた。

すると鷺が果たして二聲程鳴いた。

自分は我子ながら少し怖くなつた。こんなものを脊負つてゐては、此

の先どうなるか分らない。どこか打遣やる所はなからうかと向ふを見る

と闇の中に大きな森が見えた。あすこならばと考へ出す途端に、脊中

で、

「ふゝん」と云ふ聲がした。

「何を笑ふんだ」

　子供は返事をしなかつた。只

「御父さん、重いかい」と聞いた。

「重かあない」と答へると

「今に重くなるよ」と云つた。

　自分は黙つて森を目標にあるいて行つた。田の中の路が不規則にうね

つて中々思ふ様に出られない。しばらくすると二股になつた。自分は股

の根に立つて、一寸休んだ。

「石が立つてる筈だがな」と小僧が云つた。

　成程八寸角の石が腰程の高さに立つてゐる。表には左り日ヶ窪、右堀

田原とある。闇だのに赤い字が明かに見えた。赤い字は井守の腹の様な

色であつた。

「左が好いだらう」と小僧が命令した。左を見ると最先の森が闇の影

を、高い空から自分等の頭の上へ抛げかけてゐた。自分は一寸躊躇し

た。

「遠慮しないでもいゝ」と小僧が又云つた。自分は仕方なしに森の方へ

歩き出した。腹の中では、よく盲目の癖に何でも知つてるなと考へなが

ら一筋道を森へ近づいてくると、脊中で、「どうも盲目は不自由で不可いね」と云つた。

「だから負つてやるから可いぢやないか」

「負ぶつて貰つて濟まないが、どうも人に馬鹿にされて不可い。親に迄馬鹿にされるから不可い」

何だか厭になつた。早く森へ行つて捨てゝ仕舞はふと思つて急いだ。

「もう少し行くと解る。――丁度こんな晩だつたな」と脊中で獨言の様に云つてゐる。

「何が」と際どい聲を出して聞いた。

「何がつて、知つてるぢやないか」と子供は嘲ける様に答へた。すると何だか知つてる様な氣がし出した。けれども判然とは分らない。只こんな晩であつた様に思へる。さうしてもう少し行けば分る様に思へる。分つては大變だから、分らないうちに早く捨てゝ仕舞つて、安心しなくつてはならない様に思へる。自分は益足を早めた。

雨は最先から降つてゐる。路はだんだん暗くなる。殆んど夢中である。只脊中に小さい小僧が食付いてゐて、其の小僧が自分の過去、現在、未來を悉く照して、寸分の事實も洩らさない鏡の様に光つてゐる。しかもそれが自分の子である。そうして盲目である。自分は堪らなくなつた。

「此處だ、此處だ。丁度其の杉の根の處だ」

雨の中で小僧の聲は判然聞えた。自分は覺へず留つた。何時しか森の

中へ這入つてゐた。一間ばかり先にある黒いものは慥に小僧の云ふ通り杉の木と見えた。

「御父さん、其の杉の根の處だつたね」

「うん、さうだ」と思はず答へて仕舞つた。

「文化五年辰年だらう」

成程文化五年辰年らしく思はれた。

「御前がおれを殺したのは今から丁度百年前だね」

自分は此の言葉を聞くや否や、今から百年前文化五年の辰年のこんな闇の晩に、此の杉の根で、一人の盲目を殺したと云ふ自覺が、忽然として頭の中に起つた。おれは人殺であつたんだなと始めて氣が附いた途端に、脊中の子が急に石地藏の樣に重くなつた。

# 🌸 練習題 🌸

　　請參考第1、2課說明的原則，將文中的歷史假名標示，改寫成現代假名標示，並說明為什麼會變成如此？

# 二、《夢十夜》「第三夜」
# 文法深度解析與中文翻譯

**1.**

修飾語　補語　受格　述語

こんな夢　 を 　見た。

（我作了這樣的夢。）

提示：此句的主語被省略了，與下面第二句相同，是「自分」。

**2.**

修飾語　　補語　　受格　　述語

六つになる子供　 を 　負つてる。

（我背著一個6歲的小孩。）

提示：此句的主語跟上一句一樣被省略了，主語是與下面句子相同的「自分」。

**3.**

副詞　修飾語　述語　斷定助動詞

慥に　自分の子　である。

（確實是我的小孩。）

提示：此句的主語被省略了，是承接上句的「六つになる子供」。

**4.**

| 副詞 | 修飾語 | 連語 | 副詞 | 主語 | 主格 | 述語 |

只　不思議な事には　何時の間にか　眼　が　潰れて、青坊主

| 格助詞 | 述語 |

に　なつてゐる。

（只是不可思議的事情是，6歲的小孩不知什麼時候，眼睛瞎了，也成了光頭。）

提示：此句的主語被省略了，與上句一樣是「六つになる子供」。

**5.**

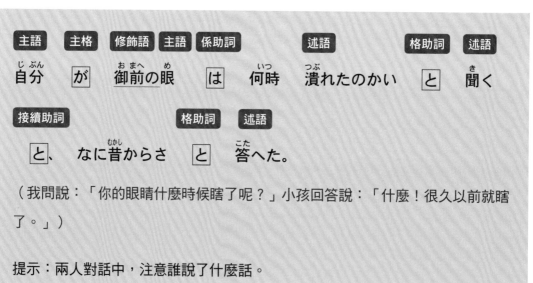

| 主語 | 主格 | 修飾語 | 主語 | 係助詞 | 述語 | 格助詞 | 述語 |

自分　が　御前の眼　は　何時　潰れたのかい　と　聞く

| 接續助詞 | 格助詞 | 述語 |

と、　なに昔からさ　と　答へた。

（我問說：「你的眼睛什麼時候瞎了呢？」小孩回答說：「什麼！很久以前就瞎了。」）

提示：兩人對話中，注意誰說了什麼話。

**6.**

| 主語 | 係助詞 | 修飾語 | 格助詞 | 述語 | 接續助詞 | 主語 | 係助詞 | 副詞 |
|------|--------|--------|--------|------|----------|------|--------|------|

聲(こゑ)は 子供(こども)の聲(こゑ) に 相違(そうゐ)ない が、言葉(ことば)つき は 丸(まる)で

| 述語 | 斷定助動詞 |
|------|-----------|

大人(おとな) である。

（聲音的確是小孩子的聲音沒錯，只是遣辭用句的口氣，簡直就是大人似的。）

提示：此句的「は」，是對比之用。


**7.**

| 接續詞 | 述語 | 斷定助動詞 |
|--------|------|-----------|

しかも 對等(たいたう) だ。

（而且，口氣還是跟老爸我對等的呢！）

提示：此句的主語承接上一句。


**8.**

| 主語 | 係助詞 | 述語 | 斷定助動詞 |
|------|--------|------|-----------|

左右(さいう) は 青田(あをた) である。

（左右邊都是綠油油的田地。）

提示：此句描述周遭的情景。

**9.**

| 主語 | 係助詞 | 述語 |
|---|---|---|

路（みち） は 細（ほそ）い。

（道路狹小。）

提示：此句也是描述周遭的情景。

**10.**

| 修飾語 | 主格 | 副詞 | 格助詞 | 述語 |
|---|---|---|---|---|

鷺（さぎ）の影（かげ） が 時々（ときどき） 闇（やみ） に 差（さ）す。

（偶爾在黑夜中看到鷺鶯的身影。）

提示：此句也是描述周遭的情景。

**11.**

| 格助詞 | 述語 | 間投詞 | 格助詞 | 格助詞 | 述語 |
|---|---|---|---|---|---|

「田圃（たんぼ） へ 掛（か）つた ね」 と 脊中（せなか） で 云（い）つた。

（小孩在我的背後說道：「是往田地的方向走了吧！」）

提示：誰對誰說了這一句話？

**12.**

修飾語　格助詞　補語　格助詞　　格助詞　　述語　　副詞
「どうして解る」　と　顔　を　後ろ　へ　振り向ける　様に

接續助詞　述語　接續助詞
して　　聞いたら、

接續詞　主語　主格　　　　述語　　　　格助詞　述語
「だつて　鷺　が　鳴くぢやないか」　と　答へた。

（我往後面回頭問道：「你為什麼會知道呢？」小孩回答說：「不就有鷺鷥在鳴叫嗎？」）

提示：誰問，誰回答，主語須弄清楚。

**13.**

接續詞　主語　主格　副詞　　　　副詞　述語
すると　鷺　が　果して　二聲　程　鳴いた。

（這麼一來，果真聽到了鷺鷥鳴叫了兩聲。）

**14.**

主語　係助詞　　接續助詞　副詞　副詞　述語
自分　は　我子ながら　少し　怖くなつた。

（雖然小孩是我自己的，但有點害怕了起來。）

提示：思考一下為什麼對方是自己的小孩，卻要害怕呢？

## 15.

| 修飾語 | 補語 | 受格 | 述語 | 連語 | 修飾語 | 主語 | 副詞 | 述語 |
|---|---|---|---|---|---|---|---|---|

こんな　もの　を　脊負つてゐ　ては、　此の先　どう　なるか

| 述語 |
|---|

分らない。

（背著這樣的傢伙，這之後會變成怎樣，也不知道。）

提示：「こんなもの」是指誰呢？

## 16.

| 修飾語 | 主語 | 係助詞 | 格助詞 | 補語 | 受格 | 述語 |
|---|---|---|---|---|---|---|

どこか打遣やる所　は　なからうか　と　向ふ　を　見る

| 接續助詞 | 修飾語 | 格助詞 | 修飾語 | 主語 | 主格 | 述語 |
|---|---|---|---|---|---|---|

と　闇の中　に　大きな森　が　見えた。

（心想有沒有地方可以丟掉小孩，於是看一看對面，看到黑暗中有個大大的森林。）

提示：動作主語是誰呢？

**17.**

| 接續助詞 | 格助詞 | 修飾語 | 格助詞 | 格助詞 |
|---|---|---|---|---|

あすこならば　と　考へ出す途端に、脊中　で、

| 修飾語 | 格助詞 | 主語 | 主格 | 述語 |
|---|---|---|---|---|

「ふゝん」と云ふ聲　が　した。

（正想著「要是那裡的話，就可以順利丟掉小孩」時，我背的小孩在背部發出「哼哼」的聲音。）

提示：要認清楚是誰心裡想、是誰發出聲音。

**18.**

| 補語 | 受格 | 述語 |
|---|---|---|

「何　を　笑ふんだ」

（笑什麼呢？）

提示：是誰說了這一句話呢？

**19.**

| 主語 | 係助詞 | 補語 | 受格 | 述語 |
|---|---|---|---|---|

子供　は　返事　を　しなかつた。

（小孩沒有回答。）

**20.**

| 副詞 | | 述語 終助詞 | 格助詞 | 述語 |
|---|---|---|---|---|

只(ただ)　「御父(おとつ)さん、重(おも)いかい」　と　聞(き)いた。

（只是問了：「爸爸！我重嗎？」）

**21.**

| 述語 | 格助詞 | 述語 | 接續助詞 | 副詞 | 副詞 述語 終助詞 | 格助詞 |
|---|---|---|---|---|---|---|

「重(おも)かあない」　と　答(こた)へる　と、「今(いま)に　重(おも)くなるよ」　と

| 述語 |
|---|

云(い)つた。

（當我回答「不重」時，小孩說「即將要變重了喔！」）

提示：確認清楚誰與誰對話。

**22.**

| 主語 | 係助詞 | 述語 | 接續助詞 | 補語 | 受格 | 格助詞 | 述語 | 接續助詞 |
|---|---|---|---|---|---|---|---|---|

自分(じぶん)　は　黙(だま)つて　森(もり)　を　目標(めじるし)　に　あるいて

| 述語 |
|---|

行(い)つた。

（我沉默，且以森林為目標走去。）

提示：為什麼「自分(じぶん)」要朝著森林走過去呢？

**23.**

| 修飾語 | 主語 | 主格 | 副詞 | 述語 | 接續助詞 | 副詞 | 修飾語 |

田の中の路　が　不規則に　うねつて　中々　思ふ様に

| 述語 |

出られない。

（田間的小徑，不規則地蜿蜒曲折，實在無法如願走出。）

提示：此句為描述周遭的情景。

**24.**

| 述語 | 接續助詞 | 格助詞 | 述語 |

しばらくする　と　二股　に　なつた。

（過了不久，小徑分成岔路。）

提示：此句也是描述周遭的情景。

**25.**

| 主語 | 係助詞 | 格助詞 | 述語 | 副詞 | 述語 |

自分　は　股の根　に　立つて、一寸　休んだ。

（我站在岔路的分叉口，稍為休息片刻。）

## 26.

主語 主格 修飾語 述語 終助詞 格助詞 主語 主格 述語

「石 が 立つてる筈だがな」 と 小僧 が 云つた。

（小孩說：「應該有個石碑立著吧！」）

提示：此句也是描述周遭的情景。

## 27.

副詞 修飾語 主語 主格 修飾語 格助詞 述語

成程 八寸角の石 が 腰程の高さ に 立つてゐる。

（果真立著八寸石頭方塊，高度及腰。）

提示：此句也是描述周遭的情景。

## 28.

連語 格助詞 述語

表には 左り日ヶ窪、右堀田原 と ある。

（正面寫著：「左邊往日之窪，右邊往堀田原」。）

## 29.

接續助詞 修飾語 主語 主格 副詞 述語

闇だのに 赤い字 が 明かに 見えた。

（明明是黑夜，卻可以清楚看到紅色的字。）

**30.**

| 修飾語 | 主語 | 係助詞 | 修飾語 | 述語 | 斷定助動詞 |
|---|---|---|---|---|---|

赤い字　は　井守の腹の様な色　であつた。

（鮮紅的文字就像蠑螈腹部的紅色一般。）

提示：在此出現了「闇」與「赤い」的色彩對比。

**31.**

| 主語 | 主格 | 述語 | 格助詞 | 主語 | 主格 | 述語 |
|---|---|---|---|---|---|---|

「左　が　好いだらう」　と　小僧　が　命令した。

（小孩命令說：「走左邊比較好吧！」）

提示：此命令口吻呼應了「自分」剛剛所說，小孩用對等的語氣跟父親說話。

**32.**

| 補語 | 受格 | 述語 | 接續助詞 | 修飾語 | 主語 | 主格 | 修飾語 | 補語 | 受格 | 修飾語 |
|---|---|---|---|---|---|---|---|---|---|---|

左　を　見る　と　最先の森　が　闇の影　を、高い空

| 格助詞 | 修飾語 | 格助詞 | 述語 |
|---|---|---|---|

から　自分等の頭の上　へ　抛げかけてゐた。

（往左邊一看，剛剛的森林，將黑影從高空往我們的頭頂的方向拋了過來。）

**33.**

| 主語 | 係助詞 | 副詞 | 述語 |
|---|---|---|---|

自分 は 一寸 躊躇した。
（じぶん）（ちよつと）（ちうちよ）

（我稍為猶豫了一下。）

**34.**

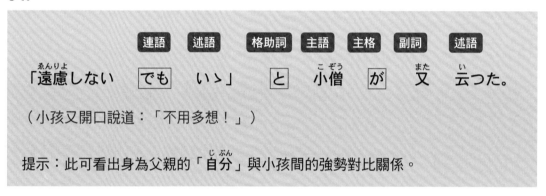

| | | 連語 | 述語 | 格助詞 | 主語 | 主格 | 副詞 | 述語 |
|---|---|---|---|---|---|---|---|---|

「遠慮しない でも いゝ」 と 小僧 が 又 云つた。
（ゑんりよ）（こぞう）（また）（い）

（小孩又開口說道：「不用多想！」）

提示：此可看出身為父親的「自分（じぶん）」與小孩間的強勢對比關係。

**35.**

| 主語 | 係助詞 | 副詞 | 修飾語 | 格助詞 | 述語 |
|---|---|---|---|---|---|

自分 は 仕方なしに 森の方 へ 歩き出した。
（じぶん）（しかた）（もり）（はう）（ある）（だ）

（我沒辦法，只好往森林方向走去。）

**36.**

修飾語　連語　副詞　修飾語　接續助詞　副詞　　述語　終助詞　格助詞

腹の　中では、よく　盲目の癖に　何でも　知つてる　な　と

接續助詞　補語　受格　格助詞　述語　格助詞

考へながら　一筋道　を　森　へ　近づいてくる　と、

格助詞　副詞　主語　係助詞　述語　接續助詞　述語　終助詞

脊中　で、「どうも　盲目　は　不自由　で　不可い　ね」

格助詞　述語

と　云つた。

（我心裡一邊想著：「明明是個瞎子，卻什麼都知道似的」，一邊一條路直直走著，接近森林時，背後的小孩說出：「瞎眼還真是不方便呢！」）

提示：請注意誰說了什麼話。

**37.**

接續詞　述語　接續助詞　述語　終助詞

「だから　負つてやる　から　可いぢやない　か」

（「所以，我不就背著你嗎？」）

提示：此句主語是誰呢？

**38.**

|接續助詞||接續助詞|　　|接續助詞||副詞|　　　|格助詞||副詞|

「負（お）ぶつ|て| 貰（もら）つ|て| 濟（す）まない |が|、どうも 人（ひと）|に| 馬鹿（ばか）に

|述語||接續助詞||述語|　|格助詞||副助詞|　　　|述語||接續助詞|

され|て| 不可（いけな）い。親（おや）|に| |迄（まで）| 馬鹿（ばか）に される |から|

|述語|

不可（いけな）い」

（「要你背我真是不好意思呀，但是，常被人耍真是糟糕。就是因為連父親都耍我，才真是糟糕啊！」）

提示：此句主語是誰呢？

**39.**

|副詞|　　|副詞|　　|述語|

何（なん）だか 厭（いや）に なつた。

（不知道為什麼變得厭煩。）

提示：此句是描述誰的心情呢？

**40.**

|副詞|　　|格助詞|　　　　　　　　　|格助詞||述語||接續助詞||述語|

早（はや）く 森（もり） |へ| 行（い）つて捨（す）て〻仕舞（しま）はふ |と| 思（おも）つ|て| 急（いそ）いだ。

（心想：「快一點去森林把小孩丟掉」，而急忙趕路。）

**41.**

| 副詞 | 述語 | 接續助詞 | 述語 | | 副詞 | 修飾語 | 述語 | 終助詞 |

「もう少し　行く　と　解る。——丁度　こんな晩だつた　な」

| 格助詞 | | 格助詞 | 修飾語 | 副詞 | | 述語 |

と　脊中　で　獨言の樣に　云つてゐる。

（背後的小孩像是自言自語地說道：「再走下去一點，你就會明白。——剛好也是這樣的夜晚呢！」）

提示：此句話是誰說的呢？

**42.**

| 格助詞 | 修飾語 | 補語 | 受格 | 述語 | 接續助詞 | 述語 |

「何が」　と　際どい聲　を　出して　聞いた。

（我提高聲調問道：「你說什麼？」）

提示：此句話是誰說的呢？

**43.**

主語　主格　格助詞　　　　　　　　終助詞　格助詞　主語　係助詞

「何　[が][て]、知つてるぢやない　[か]」　[と]　子供　[は]

修飾語　副詞　　述語

嘲ける様に　答へた。

（小孩嘲笑般地回答：「你還問我什麼，你不是都知道嗎？」）

提示：此嘲笑口吻也呼應了前面「自分」所說，小孩用對等的語氣跟父親說話。

**44.**

接續詞　　　副詞　　　修飾語　　　述語

すると　何だか　知つてる様な氣がし出した。

（被小孩這麼一說，我開始覺得我好像知道似的。）

提示：小孩引導著「自分」。

**45.**

接續詞　　　副詞　　係助詞　　述語

けれども　判然　[と][は]　分らない。

（然而，我還不太清楚原委。）

**46.**

| 副詞 | 修飾語 | | 副詞 | 述語 |

只
<ruby>只<rt>ただ</rt></ruby>　<u>こんな<ruby>晩<rt>ばん</rt></ruby>　であつた</u><ruby>様<rt>やう</rt></ruby>に　<ruby>思<rt>おも</rt></ruby>へる。

（只能想起好像是像這樣的夜晚。）

問題：此「<ruby>思<rt>おも</rt></ruby>へる」動詞所想的內容為何？

答案：「こんな<ruby>晩<rt>ばん</rt></ruby>であつた」。

**47.**

接續詞　　　修飾語　　　　接續助詞　　　副詞　　　述語

さうして　　もう<ruby>少<rt>すこ</rt></ruby>し　<ruby>行<rt>ゆ</rt></ruby>け|ば|　<ruby>分<rt>わか</rt></ruby>る<ruby>様<rt>やう</rt></ruby>に　<ruby>思<rt>おも</rt></ruby>へる。

（也能想起好像再走下去一點，就能明白到底是怎麼一回事。）

問題：此「<ruby>思<rt>おも</rt></ruby>へる」動詞所想的內容為何？

答案：「もう<ruby>少<rt>すこ</rt></ruby>し<ruby>行<rt>ゆ</rt></ruby>けば<ruby>分<rt>わか</rt></ruby>る」。

**48.**

連語　　述語　　接續助詞　修飾語　　副詞　　　副詞　　　述語

<ruby>分<rt>わか</rt></ruby>つ|ては|　<ruby>大變<rt>たいへん</rt></ruby>だ　|から|、<ruby>分<rt>わか</rt></ruby>らないうちに　<ruby>早<rt>はや</rt></ruby>く　<ruby>捨<rt>す</rt></ruby>てゝ

　　　　　　　述語　　　　　　　　　　副詞　　　述語

<ruby>仕舞<rt>しま</rt></ruby>つて、<ruby>安心<rt>あんしん</rt></ruby>しなくつてはならない<ruby>様<rt>やう</rt></ruby>に　<ruby>思<rt>おも</rt></ruby>へる。

（我也想到：「等到一切真相大白，事情就嚴重了，所以趁還搞不清狀況的時候，早一點把小孩丟了，才能安心。」）

**49.**

| 主語 | 係助詞 | 副詞 | 補語 | 受格 | 述語 |
|------|--------|------|------|------|------|

自分 は 益 足 を 早めた。

（我越是加快腳步。）

**50.**

| 主語 | 係助詞 | | 格助詞 | | 述語 |
|------|--------|------|--------|------|------|

雨 は 最先 から 降つてゐる。

（雨從剛剛就一直下著。）

提示：此句是描述周遭的情景。

**51.**

| 主語 | 係助詞 | 副詞 | 修飾語 | 述語 |
|------|--------|------|--------|------|

路 は だんだん 暗く なる。

（路逐漸變暗了。）

提示：此句也是描述周遭的情景。

**52.**

| 副詞 | 述語 | 斷定助動詞 |
|---|---|---|

殆<sub>ほと</sub>んど　夢中<sub>むちゆう</sub>　である。

（我幾乎拚命地趕著路。）

提示：此句是描述周遭的情景。

**53.**

| 副詞 | | 格助詞 | 修飾語 | 主語 | 主格 | | 述語 | 接續助詞 | 修飾語 | | 主格 |
|---|---|---|---|---|---|---|---|---|---|---|---|

只　脊中<sub>せなか</sub>　に　小<sub>ちひ</sub>さい小僧<sub>こぞう</sub>　が　食付<sub>くつつ</sub>いてゐて、其<sub>そ</sub>の小僧<sub>こぞう</sub>　が

| 修飾語 | 補語 | | | 受格 | 副詞 | 述語 | 接續助詞 |
|---|---|---|---|---|---|---|---|

自分<sub>じぶん</sub>の過去<sub>くわこ</sub>、現在<sub>げんざい</sub>、未來<sub>みらい</sub>　を　悉<sub>ことごと</sub>く　照<sub>てら</sub>して、

| 修飾語 | 主語 | 係助詞 | | 副詞 | 述語 |
|---|---|---|---|---|---|

寸分<sub>すんぶん</sub>の事實<sub>じじつ</sub>　も　洩<sub>も</sub>らさない鏡<sub>かがみ</sub>の樣<sub>やう</sub>に　光<sub>ひか</sub>つてゐる。

（只是我的背上，緊跟著一位小孩，而且這位小孩像一面鏡子，分毫不差地映照出我的過去、現在、未來。）

**54.**

| 接續詞 | 主語 | 主格 | 修飾語 | 述語 | 斷定助動詞 |
|---|---|---|---|---|---|

しかも　それ　が　自分<sub>じぶん</sub>の子<sub>こ</sub>　である。

（而且，這傢伙是我的小孩。）

**55.**

接續詞　　述語　斷定助動詞

そうして　盲目〔めくら〕　である。

（並且，眼睛看不到。）

提示：此句的主語跟前一句一樣，是「それ」。

**56.**

主語　係助詞　　　述語

自分〔じぶん〕　は　堪〔たま〕らなくなつた。

（我變得無法忍受。）

提示：「自分〔じぶん〕」無法忍受什麼事呢？

**57.**

述語　　述語　　副詞　　修飾語　　　述語　斷定助動詞

「此處〔こゝ〕だ、此處〔こゝ〕だ。丁度〔ちやうど〕　其の杉の根の處〔そ すぎ ね ところ〕だ」

（小孩說道：「就是這裡！就是這裡！正好就是那杉樹的樹根處！」）

提示：依據下一句話來看，此句主語是小孩。

**58.**

| 修飾語 | 格助詞 | 修飾語 | 主語 | 係助詞 | 副詞 | 述語 |
|---|---|---|---|---|---|---|

雨の中　　で　　小僧の聲　　は　　判然　聞えた。

（雨中，清晰地傳來小孩所說的話。）

**59.**

| 主語 | 係助詞 | 副詞 | 述語 |
|---|---|---|---|

自分　　は　　覺へず　留つた。

（我不自覺地停下腳步。）

**60.**

| 副詞 | 修飾語 | 格助詞 | 述語 |
|---|---|---|---|

何時しか　森の中　　へ　　這入つてゐた。

（我不知什麼時候已經進到森林裡了。）

提示：此句主語跟前一句一樣，是「自分」。

**61.**

| 修飾語 | | | | 主語 | 係助詞 | 副詞 | 修飾語 |
|---|---|---|---|---|---|---|---|

一間ばかり先 に ある 黒いもの は 慥に 小僧の云ふ通り

| 修飾語 | 格助詞 | 述語 |
|---|---|---|

杉の木 と 見えた。

（約2公尺前面的那個黑色東西，的確看起來像是小孩所說的杉樹。）

**62.**

| | 修飾語 | 述語 | 間投詞 |
|---|---|---|---|

「御父さん、其の杉の根の處だつた　ね」

（小孩喊叫說：「爸爸！是在那棵杉樹的樹根處吧！」）

提示：此句話是小孩說的。

**63.**

| | 述語 | 格助詞 | 副詞 | 述語 | 接續助詞 | 述語 |
|---|---|---|---|---|---|---|

「うん、さうだ」 と 思はず 答へて 仕舞つた。

（我不由自主地回答說：「嗯，是呀！」）

提示：此句話是「自分」說的。

**64.**

述語 斷定助動詞

「文化五年辰年　だらう」
　ぶんくわ ご ねんたつどし

（小孩說：「是在文化5年（1808）龍年的時候吧！」）

提示：此句話是小孩說的。

**65.**

副詞　　　　　　　　　　　　推量助動詞　述語

成程　　文化五年辰年　　らしく　　思はれた。
なるほど　ぶんくわ ご ねんたつどし　　　　　　　おも

（想想，好像真的是在文化5年（1808）龍年的時候。）

提示：此句話的主語是「自分」。
　　　　　　　　　　　　　じ ぶん

**66.**

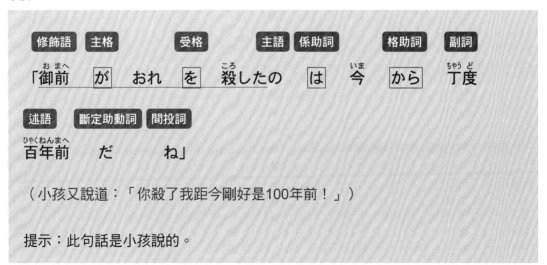

修飾語　主格　　　受格　　主語　係助詞　　格助詞　副詞

「御前　が　おれ　を　殺したの　は　今　から　丁度
　お まへ　　　　　　ころ　　　　　いま　　　　ちやう ど

述語　斷定助動詞　間投詞

百年前　だ　　ね」
ひやくねんまへ

（小孩又說道：「你殺了我距今剛好是100年前！」）

提示：此句話是小孩說的。

**67.**

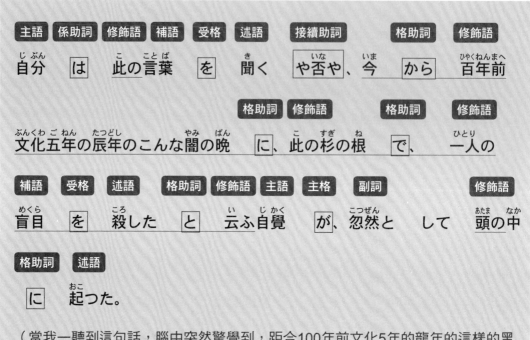

| 主語 | 係助詞 | 修飾語 | 補語 | 受格 | 述語 | 接續助詞 | 格助詞 | 修飾語 |
|---|---|---|---|---|---|---|---|---|

自分 は 此の言葉 を 聞く や否や、今 から 百年前

| | | | | 格助詞 | 修飾語 | | 格助詞 | 修飾語 |
|---|---|---|---|---|---|---|---|---|

文化五年の辰年のこんな闇の晩 に、此の杉の根 で、 一人の

| 補語 | 受格 | 述語 | 格助詞 | 修飾語 | 主語 | 主格 | 副詞 | 修飾語 |
|---|---|---|---|---|---|---|---|---|

盲目 を 殺した と 云ふ自覺 が、忽然と して 頭の中

| 格助詞 | 述語 |
|---|---|

に 起つた。

（當我一聽到這句話，腦中突然驚覺到，距今100年前文化5年的龍年的這樣的黑
夜，在這棵杉樹樹根處，我殺死了一位瞎子。）

提示：事情至此終於明朗化了。

**68.**

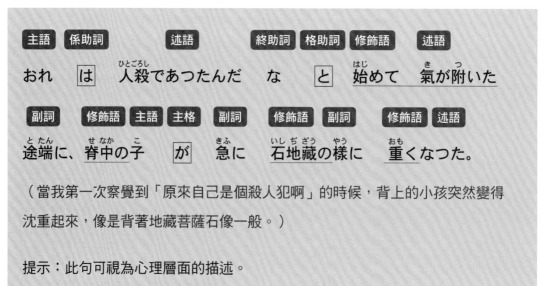

| 主語 | 係助詞 | 述語 | 終助詞 | 格助詞 | 修飾語 | 述語 |
|---|---|---|---|---|---|---|

おれ は 人殺であつたんだ な と 始めて 氣が附いた

| 副詞 | 修飾語 | 主語 | 主格 | 副詞 | 修飾語 | 副詞 | 修飾語 | 述語 |
|---|---|---|---|---|---|---|---|---|

途端に、脊中の子 が 急に 石地藏の樣に 重くなつた。

（當我第一次察覺到「原來自己是個殺人犯啊」的時候，背上的小孩突然變得
沈重起來，像是背著地藏菩薩石像一般。）

提示：此句可視為心理層面的描述。

# 三、基本問題：深入了解《夢十夜》「第三夜」

1.此篇作品是第幾人稱的作品呢？

2.此篇作品的作者是誰呢？

3.此篇的敘述者是誰呢？

4.此篇作品的出現人物有誰？

5.本篇有許多對話卻沒有完整寫出主語是誰，請一一找出沒有明示主語的對話主語。

# 四、思考問題：徜徉在《夢十夜》「第三夜」的世界

1. 此處與「第一夜」一樣，又再次出現了「百年」，你認為此處的「百年」含意為何？

2. 你認為「杉樹」的含意為何？

3. 從色彩觀點來看，「第一夜」與「第三夜」的場景描寫，有什麼異同？

4. 本篇作品的主題，你認為是什麼呢？所持理由為何？

# 披露你不可不知有關漱石的內幕

## ⑪ 漱石的理想女性

　　漱石一生中的重要女人還有一位是他的母親「千枝」。漱石是他母親42歲時所生的么子，在當時可算是高齡產婦。漱石曾在《硝子戸の中》（玻璃屋中；大正4年）第二十九章回中回憶起，他常聽別人轉述母親說：「一大把年紀了，還生小孩，真丟臉。」也因為是年紀大才生的小孩，沒有奶水餵食，所以漱石一出生就送給別人家撫育長大。雖然如此，漱石對母親非常敬愛、懷念。他在小說作品中不太將母親入鏡，甚至在被視為自傳小說的《道草》（道草；大正4年）中，母親的角色也僅被一筆簡單帶過。但其實這是因為《道草》描繪了親情與金錢糾葛的無奈、醜惡的一面，不適合漱石記憶中純潔、淨化的母親形象出現。漱石在作品中唯一提到母親的，是在《硝子戸の中》第三十七章回中。他筆下的母親是位不多話、常戴著眼鏡、沉靜的老婆婆。

## ⑫ 漱石的職業觀

　　明治40年漱石辭去東京大學教授一職，成為朝日新聞社專欄小說家。他曾經發表「入社の辭」（進朝日新聞社公開信；1907），彰顯自己的意志。漱石提到「辭去大學教職進入報社，根本不足為奇」，來根絕他人認為位居大學教授要職才風光、進報社前途令人堪憂的不必要的疑慮。再者，漱石又說：「若報社是在做生意的話，那麼大學經營當然也是生意的一環，要不然就沒有必要爭相當教授、博士了，而教授、博士也就沒有必要要求提高月俸薪資了！」由此可見漱石的觀念中，職業沒有貴賤，都是為了謀一口飯吃。他並且認為只要對社會、國家有貢獻，能發揮一己之長，都是好事。藉此漱石發言，提供給現代年輕人當作選擇職業時的寶貴參考意見。

# 五、參考：現代假名標示
# 《夢十夜》「第三夜」

こんな夢を見た。

六つになる子供を負ってる。たしかに自分の子である。ただ不思議な事にはいつの間にか眼が潰れて、青坊主になっている。自分が御前の眼はいつ潰れたのかいと聞くと、なに昔からさと答えた。声は子供の声に相違ないが、言葉つきはまるで大人である。しかも対等だ。

左右は青田である。路は細い。鷺の影が時々闇に差す。

「田圃へかかったね」と背中で云った。

「どうして解る」と顔を後ろへ振り向けるようにして聞いたら、

「だって鷺が鳴くじゃないか」と答えた。

すると鷺がはたして二声ほど鳴いた。

自分は我子ながら少し怖くなった。こんなものを背負っていては、この先どうなるか分らない。どこかうっちゃる所はなかろうかと向うを見ると闇の中に大きな森が見えた。あそこならばと考え出す途端に、背中で、

「ふふん」と云う声がした。

「何を笑うんだ」

子供は返事をしなかった。ただ

「御父さん、重いかい」と聞いた。

「重かあない」と答えると

「今に重くなるよ」と云った。

　自分は黙って森を目標にあるいて行った。田の中の路が不規則にうねってなかなか思うように出られない。しばらくすると二股になった。自分は股の根に立って、ちょっと休んだ。

「石が立ってるはずだがな」と小僧が云った。

　なるほど八寸角の石が腰ほどの高さに立っている。表には左り日ヶ窪、右堀田原とある。闇だのに赤い字が明かに見えた。赤い字は井守の腹のような色であった。

「左がいいだろう」と小僧が命令した。左を見るとさっきの森が闇の影を、高い空から自分らの頭の上へ抛げかけていた。自分はちょっと躊躇した。

「遠慮しないでもいい」と小僧がまた云った。自分は仕方なしに森の方へ歩き出した。腹の中では、よく盲目のくせに何でも知ってるなと考えながら一筋道を森へ近づいてくると、背中で、「どうも盲目は不自由でいけないね」と云った。

「だから負ってやるからいいじゃないか」

「負って貰ってすまないが、どうも人に馬鹿にされていけない。親にまで馬鹿にされるからいけない」

　何だか厭になった。早く森へ行って捨ててしまおうと思って急いだ。

「もう少し行くと解る。——ちょうどこんな晩だったな」と背中で独言のように云っている。

「何が」と際どい声を出して聞いた。

「何がって、知ってるじゃないか」と子供は嘲けるように答えた。すると何だか知ってるような気がし出した。けれども判然とは分らない。ただこんな晩であったように思える。そうしてもう少し行けば分るように思える。分っては大変だから、分らないうちに早く捨ててしまって、安心しなくってはならないように思える。自分はますます足を早めた。

雨はさっきから降っている。路はだんだん暗くなる。ほとんど夢中である。ただ背中に小さい小僧がくっついていて、その小僧が自分の過去、現在、未来をことごとく照して、寸分の事実も洩らさない鏡のように光っている。しかもそれが自分の子である。そうして盲目である。自分はたまらなくなった。

「ここだ、ここだ。ちょうどその杉の根の処だ」

雨の中で小僧の声は判然聞えた。自分は覚えず留った。いつしか森の中へ這入っていた。一間ばかり先にある黒いものはたしかに小僧の云う通り杉の木と見えた。

「御父さん、その杉の根の処だったね」

「うん、そうだ」と思わず答えてしまった。

「文化五年辰年だろう」

なるほど文化五年辰年らしく思われた。

「御前がおれを殺したのは今からちょうど百年前だね」

　自分はこの言葉を聞くや否や、今から百年前文化五年の辰年のこんな闇の晩に、この杉の根で、一人の盲目を殺したと云う自覚が、忽然として頭の中に起った。おれは人殺であったんだなと始めて気がついた途端に、背中の子が急に石地蔵のように重くなった。

# 第8課
## 太空站的第3站：
## 《夢十夜》「第九夜」

學習重點：

●歷史假名標示《夢十夜》「第九夜」

●《夢十夜》「第九夜」文法深度解析與中文翻譯

●專業立場賞析《夢十夜》「第九夜」的關鍵問題點

　　我們搭乘夏目漱石號一路過關斬將來到了太空站第3站，真是了不起！是不是發現自己功力大增、能耐加大了呢？接著要挑戰眼前太空站第3站《夢十夜》「第九夜」的嚴峻考驗，讓我們一起攜手再創奇蹟吧！過了這一站，即將能自由地翱遊星際，敬請期待！

# 一、歷史假名標示《夢十夜》「第九夜」

　　本書中節錄了《夢十夜》最精華的一部分：「第一夜」、「第三夜」、「第九夜」全文來賞析。接下來一起賞析最後的《夢十夜》「第九夜」吧！

　　世の中が何となくざわつき始めた。今にも戰爭が起りさうに見える。燒け出された裸馬が、夜晝となく、屋敷の周圍を暴れ廻ると、それを夜晝となく足輕共が犇きながら追掛けてゐる樣な心持がする。それでゐて家のうちは森として靜かである。

　　家には若い母と三つになる子供がゐる。父は何處かへ行つた。父が何處かへ行つたのは、月の出てゐない夜中であつた。床の上で草鞋を穿いて、黑い頭巾を被つて、勝手口から出て行つた。其の時母の持つてゐた雪洞の灯が暗い闇に細長く射して、生垣の手前にある古い檜を照らした。

　　父はそれ限歸つて來なかつた。母は每日三つになる子供に「御父樣は」と聞いてゐる。子供は何とも云はなかつた。しばらくしてから「あ

つち」と答へる様になつた。母が「何日御歸り」と聞いても矢張り「あつち」と答へて笑つてゐた。其時は母も笑つた。さうして「今に御歸り」と云ふ言葉を何遍となく繰返して敎へた。けれども子供は「今に」だけを覺へたのみである。時々は「御父様は何處」と聞かれて「今に」と答へる事もあつた。

　夜になつて、四隣が靜まると、母は帶を締め直して、鮫鞘の短刀を帶の間へ差して、子供を細帶で脊中へ背負つて、そつと潛りから出て行く。母はいつでも草履を穿いてゐた。子供は此の草履の音を聞きながら母の脊中で寢て仕舞ふ事もあつた。

　土塀の續いてゐる屋敷町を西へ下つて、だらだら坂を降り盡すと、大きな銀杏がある。此の銀杏を目標に右に切れると、一丁許り奧に石の鳥居がある。片側は田圃で、片側は熊笹ばかりの中を鳥居迄來て、それを潛り抜けると、暗い杉の木立になる。それから二十間許り敷石傳ひに突き當ると、古い拜殿の階段の下に出る。鼠色に洗ひ出された賽錢箱の上に、大きな鈴の紐がぶら下つて晝間見ると、其の鈴の傍に八幡宮と云ふ額が懸つてゐる。八の字が、鳩が二羽向ひあつた様な書體に出來てゐるのが面白い。其の外にも色々の額がある。大抵は家中のものゝ射抜いた金的を、射抜いたものゝ名前に添へたのが多い。偶には太刀を納めたのもある。

　鳥居を潛ると杉の梢で何時でも梟が鳴いてゐる。さうして、冷飯草履の音がぴちやぴちやする。それが拜殿の前で已むと、母は先づ鈴を鳴らして置いて、直にしやがんで柏手を打つ。大抵は此時梟が急に鳴かなく

なる。それから母は一心不乱に夫の無事を祈る。母の考へでは、夫が侍であるから、弓矢の神の八幡へ、かうやつて是非ない願を掛けたら、よもや聴かれぬ道理はなかろうと一圖に思ひ詰めて居る。

　子供は能く此の鈴の音で眼を覺まして、四邊を見ると真暗だものだから、急に脊中で泣き出す事がある。其の時母は口の内で何か祈りながら、脊を振つてあやさうとする。すると旨く泣き已む事もある。又益烈しく泣き立てる事もある。いづれにしても母は容易に立たない。

　一通り夫の身の上を祈つて仕舞ふと、今度は細帯を解いて、脊中の子を摺り卸ろすやうに、脊中から前へ廻して、兩手に抱きながら拝殿を上つて行つて、「好い子だから、少しの間、待つて御出よ」と屹度自分の頬を子供の頬へ擦り附ける。さうして細帯を長くして、子供を縛つて置いて、其の片端を拝殿の欄干に括り附ける。それから段々を下りて來て二十間の敷石を徃つたり來たり御百度を踏む。

　拝殿に括りつけられた子は、暗闇の中で、細帯の丈のゆるす限り、廣縁の上を這ひ廻つてゐる。さう云ふ時は母に取つて、甚だ樂な夜である。けれども縛つた子にひいひい泣かれると、母は氣が氣でない。御百度の足が非常に早くなる。大變息が切れる。仕方のない時は、中途で拝殿へ上つて來て、色々すかして置いて、又御百度を踏み直す事もある。

　かう云ふ風に、幾晩となく母が氣を揉んで、夜の目も寝ずに心配してゐた父は、とくの昔に浪士の為に殺されてゐたのである。

　こんな悲い話を、夢の中で母から聞た。

# 🌸 練習題 🌸

　　請參考第1、2課說明的原則，將文中的歷史假名標示，改寫成現代假名標示，並說明為什麼會變成如此？

# 二、《夢十夜》「第九夜」
# 文法深度解析與中文翻譯

**1.**

| 修飾語 | 主語 | 主格 | 副詞 | 述語 |

世の　　中　　[が]　　何となく　　ざわつき始めた。
<sub>よ</sub>　　<sub>なか</sub>　　　　　　<sub>なん</sub>　　　　　　　<sub>はじ</sub>

（總覺得這個世間，開始騷動不安。）

提示：請注意此作品的時代背景的描述。

**2.**

| 副詞 | 主語 | 主格 | 述語 | 修飾語 | 述語 |

今にも　　戦争　　[が]　　起りさうに　　見える。
<sub>いま</sub>　　<sub>いくさ</sub>　　　　　<sub>おこ</sub>　　　　　　<sub>み</sub>

（似乎快要發生戰爭似的。）

3.

| 修飾語 | | 主語 | 主格 | 副詞 | | 修飾語 | 補語 | 受格 | | 述語 |
|---|---|---|---|---|---|---|---|---|---|---|

焼け出された裸馬　が、夜晝となく、屋敷の周圍　を　暴れ廻る

| 接續助詞 | 補語 | 受格 | 副詞 | | 主語 | 主格 | 述語 | 接續助詞 |
|---|---|---|---|---|---|---|---|---|

と、　それ　を　夜晝となく　足輕共　が　犇き　ながら

| 述語 | | 修飾語 | 述語 |
|---|---|---|---|

追掛けてゐる樣な　心持　が　する。

（感覺（事態嚴重）就像當（戰火襲擊）被火燒到還來不及裝上馬鞍的馬，不分晝夜地在房屋周圍來回狂奔時，輕步兵們就會擠成一團，不捨晝夜地追逐著馬匹奔跑似的。）

問題：「それ」指的是什麼？

答案：「それ」是指上一句「焼け出された裸馬」的情景。

提示：請注意此作品的時代背景的描述。

4.

| 接續詞 | | 修飾語 | 主語 | 係助詞 | | 述語 | | 述語 | 斷定助動詞 |
|---|---|---|---|---|---|---|---|---|---|

それでゐて　家のうち　は　森として　靜か　である。

（然而，家中卻寂靜無聲。）

提示：請注意外界（動）與家中（靜）的對比。

**5.**

| 連語 | 修飾語 | 主語 | 格助詞 | 修飾語 | 主語 | 主格 | 述語 |

家には　若い　母　と　三つになる子供　が　ゐる。

（家中有一位年輕的母親與滿3歲的小孩。）

提示：此描述手法是由外界而至家中，進而點出在家中的兩位人物。


**6.**

| 主語 | 係助詞 | 格助詞 | 述語 |

父　は　何處か　へ　行つた。

（父親不知去向。）

提示：原本的家中成員有幾人呢？


**7.**

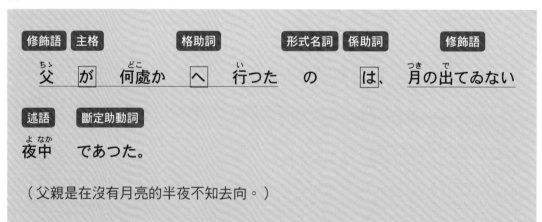

| 修飾語 | 主格 | 格助詞 | 形式名詞 | 係助詞 | 修飾語 |

父　が　何處か　へ　行つた　の　は、　月の出てゐない

| 述語 | 斷定助動詞 |

夜中　であつた。

（父親是在沒有月亮的半夜不知去向。）

提示：想看看父親為何要半夜離家呢？

**8.**

| 修飾語 | 格助詞 | 補語 | 受格 | 述語 | 修飾語 | 受格 | 述語 |

床の上（とこ うへ） で 草鞋（はらぢ）を 穿いて（は）、 黒い頭巾（くろ づきん）を 被つて（かぶ）、

| 格助詞 | 述語 |

勝手口（かつ て ぐち）から 出て行つた（で い）。

（父親是坐在地板上穿上草鞋，戴上黑色的頭巾，再從廚房後門離家的。）

**9.**

| 修飾語 | 修飾語 | | 主語 | 主格 | 修飾語 | | 格助詞 | 修飾語 |

其の時（そ とき） 母の持つてゐた雪洞の灯（はゝ も ぼんぼり ひ） が 暗い（くら） 闇（やみ）に 細長く（ほそなが）

| 述語 | 修飾語 | | 補語 | 受格 | 述語 |

射して（さ）、 生垣の手前にある（いけがき てまへ） 古い（ふる） 檜（ひのき）を 照らした（て）。

（那時，母親提著的紙燈籠的燈光，細長地照射在黑夜之中，照亮了籬笆前的古老檜木。）

問題：主語「灯（ひ）」的述語有哪些呢？

答案：「射す（さ）」和「照らす（て）」。

提示：請注意主語和補語各自的修飾語。

**10.**

| 主語 | 係助詞 | 副詞 | | 述語 |
|---|---|---|---|---|

父<sub>ちゝ</sub>　は　それ限<sub>きり</sub>　歸<sub>かへ</sub>つて來<sub>こ</sub>なかつた。

（父親那次之後，就沒有再回來過了。）

**11.**

| 主語 | 係助詞 | 副詞 | 修飾語 | 格助詞 | 格助詞 |
|---|---|---|---|---|---|

母<sub>はゝ</sub>　は　毎日<sub>まいにち</sub>　三<sub>みつ</sub>つになる子供<sub>こども</sub>　に　「御父樣<sub>おとうさま</sub>は」　と

| 述語 |
|---|

聞<sub>き</sub>いてゐる。

（母親每天都會對著滿歲的小孩問：「你爸爸在哪裡呢？」）

提示：此句透露出妻子思念丈夫的心情。

**12.**

| 主語 | 係助詞 | 連語 | 述語 |
|---|---|---|---|

子供<sub>こども</sub>　は　何<sub>なん</sub>　とも　云<sub>い</sub>はなかつた。

（小孩什麼都沒回答。）

提示：此句透露出小孩的純真無知。

**13.**

| 述語 | | 格助詞 | 修飾語 | 副詞 | 述語 |

しばらくしてから　「あつち」と　答へる様に　なつた。

（不久之後，小孩就變得會回答說：「在那裡。」）

提示：此句透露出反覆被問的小孩，終於能和母親對答。

**14.**

| 主語 | 主格 | | 格助詞 | 接續助詞 | 副詞 | 格助詞 |

母（はゝ）が　「何日（いつ）御歸（おかへ）り」と　聞（き）いても　矢張（やは）り　「あつち」と

| 述語 | 接續助詞 | 述語 |

答（こた）へ　て　笑（わら）つてゐた。

（即使母親問說：「什麼時候會回來呢？」小孩還是笑著回答說：「在那裡。」）

提示：此句反應出苦等丈夫不歸的妻子無奈心情與小孩天真無邪的一面。

**15.**

| 係助詞 | 主語 | 係助詞 | 述語 |

其時（そのとき）は　母（はゝ）も　笑（わら）つた。

（此時母親也笑了。）

**16.**

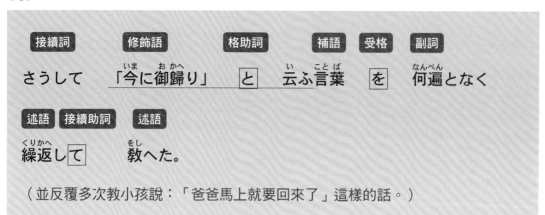

接續詞　修飾語　格助詞　補語　受格　副詞

さうして　「今に御歸り」　と　云ふ言葉　を　何遍となく

述語　接續助詞　述語

繰返して　教へた。

（並反覆多次教小孩說：「爸爸馬上就要回來了」這樣的話。）

提示：妻子想要的答案，教由小孩口中說出。

**17.**

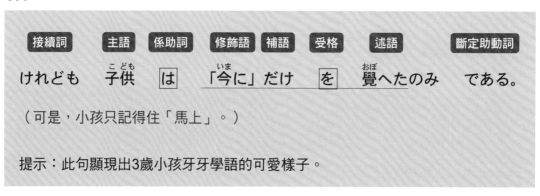

接續詞　主語　係助詞　修飾語　補語　受格　述語　斷定助動詞

けれども　子供　は　「今に」だけ　を　覺へたのみ　である。

（可是，小孩只記得住「馬上」。）

提示：此句顯現出3歲小孩牙牙學語的可愛樣子。

**18.**

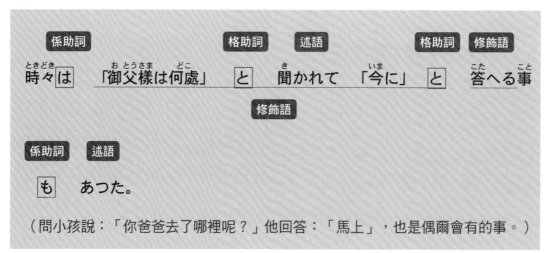

係助詞　格助詞　述語　格助詞　修飾語

時々は　「御父樣は何處」　と　聞かれて　「今に」　と　答へる事

修飾語

係助詞　述語

も　あつた。

（問小孩說：「你爸爸去了哪裡呢？」他回答：「馬上」，也是偶爾會有的事。）

**19.**

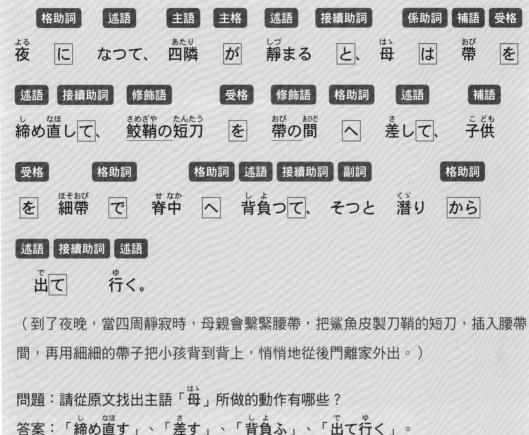

格助詞　述語　主語　主格　述語　接續助詞　係助詞　補語　受格

夜 に なつて、四隣 が 靜まる と、母 は 帶 を

述語　接續助詞　修飾語　受格　修飾語　格助詞　述語　補語

締め直して、鮫鞘の短刀 を 帶の間 へ 差して、子供

受格　格助詞　格助詞　述語　接續助詞　副詞　格助詞

を 細帶 で 脊中 へ 背負つて、そつと 潛り から

述語　接續助詞　述語

出て 行く。

（到了夜晚，當四周靜寂時，母親會繫緊腰帶，把鯊魚皮製刀鞘的短刀，插入腰帶間，再用細細的帶子把小孩背到背上，悄悄地從後門離家外出。）

問題：請從原文找出主語「母」所做的動作有哪些？

答案：「締め直す」、「差す」、「背負ふ」、「出て行く」。

提示：此句是描述母親攜帶短刀，背著小孩離家。可見之後的場景與前面不同，出現轉換。

**20.**

主語　係助詞　副詞　補語　受格　述語

母 は いつでも 草履 を 穿いてゐた。

（母親總是穿著草鞋。）

**21.**

| 主語 | 係助詞 | 修飾語 | | 補語 | 受格 | | 述語 | 接續助詞 | 修飾語 | | 格助詞 |
|---|---|---|---|---|---|---|---|---|---|---|---|
| 子供 | は | 此の草履の音 | | | を | | 聞きながら | | 母の脊中 | | で |

| 述語 | 修飾語 | 主語 | 係助詞 | 述語 |
|---|---|---|---|---|
| 寝て仕舞ふ | | 事 | も | あつた。 |

（有時候小孩也會一邊聽著母親的草鞋聲一邊睡著。）

問題：請從原文找出主語「事」的修飾語。
答案：修飾語為「子供は此の草履の音を聞きながら母の脊中で寝て仕舞ふ」。

**22.**

| 修飾語 | | 補語 | 受格 | | 格助詞 | 述語 | 接續助詞 | 補語 | | 受格 |
|---|---|---|---|---|---|---|---|---|---|---|
| 土塀の續いてゐる屋敷町 | | | を | | 西 | へ | 下つて、 | だらだら坂 | | を |

| 接續助詞 | 修飾語 | 主語 | 主格 | 述語 |
|---|---|---|---|---|
| 降り盡す | と、 | 大きな銀杏 | が | ある。 |

（穿過圍繞著綿延土牆的大宅往西，走到緩坡的盡頭，眼前就出現一棵巨大的銀杏樹。）

問題：請從原文找出本句的主語。
答案：主語為「大きな銀杏」。
問題：什麼情況下會看到「大きな銀杏」呢？請從原文找出答案。
答案：「土塀の續いてゐる屋敷町を西へ下つて、だらだら坂を降り盡すと」。
提示：後面出現的幾個句子，會描述從家裡出發至目的地「八幡宮」之間的情景。

**23.**

| 修飾語 | 補語 | 受格 | | 格助詞 | | 格助詞 | 述語 | 接續助詞 | |
|---|---|---|---|---|---|---|---|---|---|

此の 銀杏 を 目標 に 右 に 切れる と、 一丁許り

| | 格助詞 | 修飾語 | 主語 | 主格 | 述語 |
|---|---|---|---|---|---|

奥 に 石の鳥居 が ある。

（以這棵大銀杏樹為目標向右轉，約莫往裡面走100多公尺的地方，有座神社入口的石牌坊。）

問題：請從原文找出本句的主語。

答案：主語為「石の鳥居」。

問題：什麼情況會看到「石の鳥居」呢？請從原文找出答案。

答案：「此の銀杏を目標に右に切れると」。

**24.**

| 主語 | 係助詞 | 述語 | 接續助詞 | 主語 | 係助詞 | 修飾語 | | 補語 | 受格 |
|---|---|---|---|---|---|---|---|---|---|

片側 は 田圃 で、 片側 は 熊笹ばかりの中 を 鳥居迄

| 述語 | 接續助詞 | 補語 | 受格 | 述語 | 接續助詞 | 修飾語 | | 格助詞 |
|---|---|---|---|---|---|---|---|---|

來て、 それ を 潜り抜ける と、 暗い杉の木立 に

| 述語 |
|---|

なる。

（一邊是田地，另一邊都是白山竹，來到此石牌坊之後，再鑽過石牌坊，便是一大片杉樹林。）

問題：請從原文找出，來到「石の鳥居」之前，路旁的景象為何？

答案：路旁景象為「片側は田圃で、片側は熊笹ばかりである」。

問題：請從原文找出「それ」是指什麼呢？

答案：「石の鳥居」。

問題：什麼情況會來到「暗い杉の木立」呢？請從原文找出答案。

答案：「片側は田圃で、片側は熊笹ばかりの中を鳥居迄來て、それを潜り抜けると」。

**25.**

接續詞 格助詞 述語 接續助詞

それから　　二十間許り敷石傳ひ　　に　　突き當る　　と、

修飾語 格助詞 述語

古い拝殿の階段の下　　に　　出る。

（然後，順著鋪著石子的路約莫走了36公尺左右來到盡頭，便是古老神殿的階梯下面。）

問題：「敷石」路，約莫有多長呢？請從原文找出答案。

答案：「二十間許り」。

問題：什麼情況會來到「古い拝殿の階段の下」呢？請從原文找出答案。

答案：「二十間許り敷石傳ひに突き當ると」。

提示：至此為描述母親帶著小孩從家裡出發至目的地「八幡宮」之間的情景。

**26.**

修飾語 格助詞 修飾語 主格

鼠色（ねずみいろ）に洗（あら）ひ出（だ）された賽銭箱（さいせんばこ）の上（うへ） に、 大（おほ）きな鈴（すゞ）の紐（ひも） が

述語 接續助詞 副詞 述語 接續助詞 修飾語 格助詞

ぶら下（さが）つて 晝間（ひるま） 見（み）る と、 其（そ）の鈴（すゞ）の傍（そば） に

修飾語 主語 主格 述語

八幡宮（はちまんぐう）と云（い）ふ額（がく） が 懸（か）つてゐる。

（被風吹日曬成了灰白色的捐獻箱上，垂掛著一條繫著巨大銅鈴的粗繩，白天來看的話，可以看到銅鈴旁懸掛著一幅寫著「八幡宮」的匾額。）

問題：「賽銭箱（さいせんばこ）」的顏色為何？
答案：「鼠色（ねずみいろ）」。
問題：「賽銭箱（さいせんばこ）」上垂掛著什麼東西呢？
答案：「大（おほ）きな鈴（すゞ）の紐（ひも）がぶら下（さが）つてゐる」。
問題：「其（そ）の鈴（すゞ）の傍（そば）に」掛著的匾額上面寫著什麼字呢？
答案：「八幡宮（はちまんぐう）」。

**27.**

修飾語 主語 主格 主語 主格 修飾語 格助詞

八（はち）の 字（じ） が、 鳩（はと） が 二羽向（にはむか）ひあつた樣（やう）な書體（しよたい） に

述語 形式名詞 主格 述語

出來（でき）てゐる の が 面白（おもしろ）い。

（「八」的字，像是兩隻鴿子對望而成的書寫體，實在有趣。）

問題：請找出「八の字」的述語。

答案：「出來てゐる」。

問題：請從原文找出「鳩」的述語。

答案：「二羽向ひあつた」。

問題：請從原文找出本句之主語與述語。

答案：主語為「の」，述語為「面白い」。

問題：請從原文找出本句主語之修飾語。

答案：「八の字が、鳩が二羽向ひあつた様な書體に出來てゐる」。

**28.**

修飾語　連語　　修飾語　主語　主格　　述語

其の外にも　色々の　額　が　　ある。

（其他還有許多形形色色的匾額。）

**29.**

　　　係助詞　修飾語　　　　　　補語　　受格　修飾語

大抵　　は　　家中のものゝ射抜いた金的　を、射抜いたものゝ名前

格助詞　　　　形式名詞　主格　述語

に　　添へた　　の　　が　多い。

（大半多是諸侯臣下弓賽中獲勝的標的，且標的旁邊刻著射手的名字。）

問題：請從原文找出本句的主語與述語。

答案：主語為「の」，述語為「多い」。

問題：請從原文找出本句主語的修飾語。

答案：「家中のものゝ射抜いた金的を、射抜いたものゝ名前に添へた」。

**30.**

| 連語 | 補語 | 受格 | 述語 | 形式名詞 | 係助詞 | 述語 |
|---|---|---|---|---|---|---|

偶には　　太刀　を　納めた　　の　　も　　ある。

（偶爾也有獻納長刀的。）

問題：請從原文找出本句的主語與述語。

答案：主語為「の」，述語為「ある」。

問題：請從原文找出本句主語的修飾語。

答案：「太刀を納めた」。

**31.**

| 補語 | 受格 | 述語 | 接續助詞 | | 格助詞 | 副詞 | 主語 | 主格 |
|---|---|---|---|---|---|---|---|---|

鳥居　を　潜る　と　杉の梢　で　何時でも　梟　が

| 述語 |
|---|

鳴いてゐる。

（每當鑽過石牌坊時，總會聽見貓頭鷹在杉樹枝頭鳴叫。）

問題：從原文中找出本句的主語。

答案：「梟」。

問題：請從原文找出，什麼情況之下，會發生「杉の梢でいつでも梟が鳴いてる
　　　る」呢？

答案：「鳥居を潛ると」。

**32.**

| 接續詞 | 修飾語 | 主語　主格 | 述語 |
|---|---|---|---|

さうして、　冷飯草履の音　が　ぴちやぴちやする。

（然後也夾雜著母親那破舊草鞋的啪嗒啪嗒作響聲。）

**33.**

| 主語 | 主格 | 修飾語 | 格助詞 | 述語 | 接續助詞 | 主語 | 係助詞 | 副詞 | 補語 |
|---|---|---|---|---|---|---|---|---|---|

それ　が　拜殿の前　で　已む　と、　母　は　先づ　鈴

| 受格 | 述語 | 接續助詞 | 接續助詞 | 副詞 | 述語 | 接續助詞 | 補語 | 受格 | 述語 |
|---|---|---|---|---|---|---|---|---|---|

を　鳴らして置いて、　直に　しやがんで　柏手　を　打つ。

（破舊草鞋走路聲在神殿前一停止，母親首先會先去拉銅鈴，然後馬上蹲下合掌
拍手。）

問題：從原文中找出「それ」是指什麼？

答案：「冷飯草履の音」。

問題：請從原文找出，母親做了哪幾個動作呢？

答案：「鈴を鳴らして置く」、「しやがむ」、「柏手を打つ」。

**34.**

| 係助詞 | 副詞 | 主語 | 主格 | 副詞 | 述語 |
|---|---|---|---|---|---|

大抵　は　此時（このとき）　梟（ふくろふ）　が　急（きふ）に　鳴（な）かなくなる。

（大半就在這個時候，貓頭鷹會突然停止鳴叫。）

**35.**

| 接續詞 | 主語 | 係助詞 | 副詞 | 修飾語 | 受格 | 述語 |
|---|---|---|---|---|---|---|

それから　母（はゝ）　は　一心不亂（いつしんふらん）に　夫（おつと）の無事（ぶじ）　を　祈（いの）る。

（然後，母親一心一意認真祈求丈夫的平安。）

**36.**

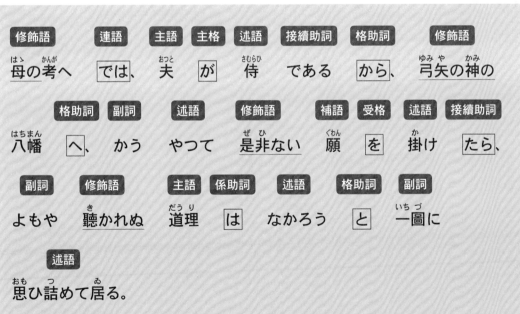

| 修飾語 | 連語 | 主語 | 主格 | 述語 | 接續助詞 | 格助詞 | 修飾語 |
|---|---|---|---|---|---|---|---|

母（はゝ）の考（かんが）へ　では、　夫（おつと）　が　侍（さむらひ）　である　から、　弓矢（ゆみや）の神（かみ）の

| 格助詞 | 副詞 | 述語 | 修飾語 | 補語 | 受格 | 述語 | 接續助詞 |
|---|---|---|---|---|---|---|---|

八幡（はちまん）　へ、　かう　やつて　是非（ぜひ）ない　願（ぐわん）　を　掛（か）け　たら、

| 副詞 | 修飾語 | 主語 | 係助詞 | 述語 | 格助詞 | 副詞 |
|---|---|---|---|---|---|---|

よもや　聽（き）かれぬ　道理（だうり）　は　なかろう　と　一圖（いちづ）に

| 述語 |
|---|

思（おも）ひ詰（つ）めて居（ゐ）る。

（就母親的想法而言，母親一心認為：「丈夫是個武士，所以向祭祀弓矢之神的
八幡神社，如此虔誠祈禱，請求務必成全願望的話，弓矢之神不至於沒有靈驗
的道理吧！」）

提示：母親專注認為的內容為何？

**37.**

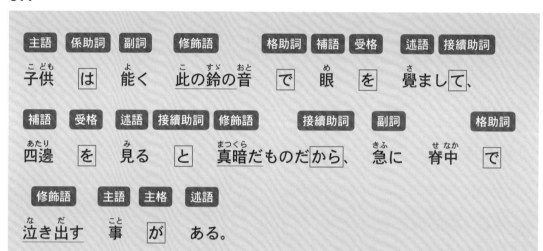

| 主語 | 係助詞 | 副詞 | 修飾語 | 格助詞 | 補語 | 受格 | 述語 | 接續助詞 |
| 子供 | は | 能く | 此の鈴の音 | で | 眼 | を | 覺まして、 | |

| 補語 | 受格 | 述語 | 接續助詞 | 修飾語 | 接續助詞 | 副詞 | 格助詞 |
| 四邊 | を | 見る | と | 真暗だものだ | から、 | 急に | 脊中 | で |

| 修飾語 | 主語 | 主格 | 述語 |
| 泣き出す | 事 | が | ある。 |

（孩子經常因為這個銅鈴聲而醒過來，且環顧了四周，因為一片漆黑，於是突然在母親的背上，哭了出來。）

問題：從原文找出為什麼小孩會突然哭泣呢？

答案：「真暗だものだから」。

問題：從原文找出小孩突然哭泣的前提是什麼呢？

答案：「此の鈴の音で眼を覺まして、四邊を見ると」。

問題：從原文找出此句的大主語。

答案：「子供」。

問題：從原文找出此句的小主語「事」的修飾語。

答案：「能く此の鈴の音で眼を覺まして、四邊を見ると真暗だものだから、急に脊中で泣き出す」。

**38.**

| 修飾語 | 主語 | 係助詞 | 修飾語 | | 格助詞 | | 述語 | 接續助詞 | 補語 |
|---|---|---|---|---|---|---|---|---|---|

其の時　母　は　口の　内　で　何か　祈り　ながら、脊

| 受格 | 述語 | 接續助詞 | 述語 |
|---|---|---|---|

を　振つて　あやさうとする。

（此時，母親會在口中一邊祈禱，一邊搖哄著背上的孩子。）

問題：為什麼母親要搖著背呢？

答案：因為母親背上背的小孩哭泣了。

**39.**

| 接續詞 | 副詞 | 修飾語 | 主語 | 係助詞 | 述語 |
|---|---|---|---|---|---|

すると　旨く　泣き已む　事　も　ある。

（這麼一來，孩子有時也會順利地安靜下來。）

問題：請從原文找出本句主語與述語。

答案：主語為「事」，述語為「ある」。

問題：請從原文找出主語之修飾語。

答案：「旨く泣き已む」。

**40.**

| 接續詞 | 副詞 | 副詞 | 修飾語 | 主語 | 係助詞 | 述語 |
|---|---|---|---|---|---|---|

又　益　烈しく　泣き立てる　事　も　ある。

（有時也會哭得更厲害。）

問題：請從原文找出本句主語與述語。

答案：主語為「事」，述語為「ある」。

問題：請從原文找出主語之修飾語。

答案：「益烈しく泣き立てる」。

**41.**

| 副詞 | 主語 | 係助詞 | 副詞 | 述語 |
|---|---|---|---|---|

いづれにしても　母　は　容易に　立たない。

（不管是安靜或是哭得更厲害，母親都不會輕易站起來。）

提示：由此可見母親祈禱的虔誠。

**42.**

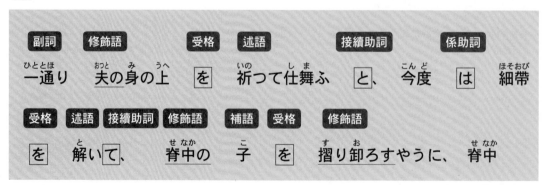

| 副詞 | 修飾語 | 受格 | 述語 | 接續助詞 | 係助詞 |
|---|---|---|---|---|---|

一通り　夫の身の上　を　祈つて仕舞ふ　と、　今度　は　細帶

| 受格 | 述語 | 接續助詞 | 修飾語 | 補語 | 受格 | 修飾語 |
|---|---|---|---|---|---|---|

を　解いて、　脊中の　子　を　摺り卸すやうに、　脊中

格助詞　格助詞　述語　　　　格助詞　　接續助詞　補語　　受格
から　前へ　廻して、　兩手　に　抱きながら　拜殿　を

述語　接續助詞　接續助詞　修飾語　述語　接續助詞　修飾語
上つて行つて、　　「好い　子　だから、少しの　間、

述語　　　　　間投詞　格助詞　副詞　　修飾語　補語　受格　　修飾語　　　格助詞
待つて御出　よ」　と　屹度　自分の頰　を　子供の頰　へ

述語
擦り附ける。

（母親為丈夫禱告過一遍之後，接著解開細細的帶子，像是把孩子滑下來般地，
從背上轉到前面，一邊用雙手抱著，一邊爬上神殿，且一定用自己的臉頰輕輕擦
著小孩的臉頰說：「你是個乖小孩，再等一下下喔！」）

問題：本句的主語是誰？
答案：主語為「母親」，被省略了。
問題：從原文找出本句的述語有哪些？
答案：「細帶を解く」、「脊中の子を前へ廻す」、「兩手に抱く」、「上つて
　　　行く」、「自分の頰を子供の頰へ擦り附ける」。
問題：從原文找出本句主語在做的動作，是在什麼前提之下呢？
答案：「一通り夫の身の上を祈つて仕舞ふと」。
問題：從原文找出本句主語是如何將小孩從背部轉到前面呢？
答案：「摺り卸ろすやうに」。
問題：從原文找出對小孩說話的內容。
答案：「好い子だから、少しの間、待つて御出よ」。

**43.**

| 接續詞 | 補語 | 受格 | 副詞 | 述語 | 接續助詞 | 補語 | 受格 | 述語 |
|---|---|---|---|---|---|---|---|---|

さうして　細帯を　長く　して、　子供を　縛つて

| 述語 | 接續助詞 | 修飾語 | 補語 | 受格 | 修飾語 | 格助詞 | 述語 |
|---|---|---|---|---|---|---|---|

置いて、　其の　片端を　拝殿の欄干　に　括り附ける。

（然後，將細細的帶子拉長，一端綁住小孩，一端綁在神殿的欄杆。）

問題：本句的主語是誰？

答案：主語為「母親」，被省略了。

問題：從原文找出本句的述語有哪些？

答案：「細帯を長くする」、「子供を縛つて置く」、「其の片端を拝殿の欄干に括り附ける」。

**44.**

| 接續詞 | 補語 | 受格 | 述語 | 接續助詞 | 接續助詞 | 修飾語 | 補語 | 受格 |
|---|---|---|---|---|---|---|---|---|

それから　段々を　下りて　來て　二十間の敷石　を

| 述語 | 接續助詞 | | 接續助詞 | 補語 | 受格 | 述語 |
|---|---|---|---|---|---|---|

徃つたり　來たり　御百度を　踏む。

（之後，下了階梯，來來回回於36公尺左右鋪著石子的路上，進行百次膜拜。）

問題：本句的主語是誰？

答案：主語為「母親」，被省略了。

問題：請問「二十間の敷石」是位在哪裡至哪裡之間？

答案：是位在「木立」與「拝殿」之間。

**45.**

| 修飾語 | | 主語 | 係助詞 | 修飾語 | 格助詞 | 修飾語 |
|---|---|---|---|---|---|---|

拝殿に括りつけられた子　は、　暗闇の中　で、　細帯の丈のゆるす

| 修飾語 | 補語 | 受格 | 述語 |
|---|---|---|---|

限り、廣縁の上　を　這ひ廻つてゐる。

（在黑夜當中，被綁在神殿前的小孩，只能在細細的帶子所允許的長度之內，

在走廊上爬。）

問題：為什麼小孩只能在細細的帶子所允許的長度之內，在走廊上爬呢？

答案：因為小孩被綁在欄杆上，所以小孩爬行的範圍，只限於在帶子的長度之內。

**46.**

| 修飾語 | 主語 | 係助詞 | 格助詞 | 副詞 | 修飾語 | 述語 | 斷定助動詞 |
|---|---|---|---|---|---|---|---|

さう云ふ時　は　母　に　取つて、甚だ　樂な　夜　である。

（這樣的時光，對母親來說，是最為輕鬆的夜晚。）

**47.**

| 接續詞 | 修飾語 | 格助詞 | | 接續助詞 | 主語 | 係助詞 |
|---|---|---|---|---|---|---|

けれども　縛つた子　に　ひいひい泣かれる　と、　母　は

| 述語 |
|---|

氣が氣でない。

（然而，要是被綁住的孩子開始哭泣吵鬧的話，母親就會慌亂不安。）

**48.**

| 修飾語 | 主語 | 主格 | 副詞 | 副詞 | 述語 |

御百度の足　が　非常に　早く　なる。

（參拜的腳步就會變快。）

**49.**

| 副詞 | 主語 | 主格 | 述語 |

大變　息　が　切れる。

（變得上氣不接下氣。）

**50.**

| 修飾語 | 係助詞 | 格助詞 | 格助詞 | 述語 | 接續助詞 | 接續助詞 |

仕方のない時　は、中途　で　拜殿　へ　上つて　來て、

| 副詞 | 述語 | 接續詞 | 補語 | 受格 | 述語 | 修飾語 | 主語 |

色々　すかして置いて、又　御百度　を　踏み　直す　事

| 係助詞 | 述語 |

も　ある。

（沒辦法的時候，就會中途停下腳步回到神殿先試著哄哄小孩之後，又重新來回百次的膜拜。）

問題：本句的主語是誰？

答案：主語為「母親」，被省略了。

**51.**

修飾語 格助詞 副詞　　　　　主語 主格 補語 受格 述語 接續助詞

かう云ふ風に、　幾晩となく　母　が　氣　を　揉んで、

修飾語 係助詞　　格助詞　　　修飾語 主語 係助詞 修飾語　　　格助詞

夜の目　も　寝ずに　心配してゐた父　は、　とくの　昔に

修飾語　　　格助詞　　　述語　　　　連語

浪士の為　に　殺されてゐた　のである。

（就這樣，好幾個晚上讓母親操心、夜不成眠、擔心著的父親，其實早就被浪人武士給殺死了。）

問題：本句的主語是誰？

答案：主語為「父」。

問題：從原文找出主語的修飾語。

答案：「かう云ふ風に、幾晩となく母が氣を揉んで、夜の目も寝ずに心配してゐた」。

問題：從原文找出本句的述語。

答案：「とくの昔に浪士の為に殺されてゐた」。

**52.**

| 修飾語 | 補語 | 受格 | 修飾語 | 格助詞 | | 格助詞 | 述語 |

こんな悲<sup>かなし</sup>い話<sup>はなし</sup>　を、夢<sup>ゆめ</sup>の中<sup>なか</sup>　で　母<sup>はゝ</sup>　から　聞<sup>きい</sup>た。

（我是在夢中，聽母親說這樣悲慘的故事。）

問題：請從原文找出本句的主語與述語。

答案：主語延續前面單元為「自分<sup>じぶん</sup>」，述語為「聞<sup>きい</sup>た」。

問題：本句的「母<sup>はゝ</sup>」與至目前所提的「母<sup>はゝ</sup>」是同一人嗎？

答案：當然不是同一人，此句的「母<sup>はゝ</sup>」是我的母親，而至目前所提的「母<sup>はゝ</sup>」是3歲
　　　小孩的母親。

提示：最後結尾的「こんな悲<sup>かなし</sup>い話<sup>はなし</sup>を、夢<sup>ゆめ</sup>の中<sup>なか</sup>で母<sup>はゝ</sup>から聞<sup>きい</sup>た。」此句，更增添了
　　　作品的哀傷餘韻。

提示：因為本篇的作品名為《夢十夜》，故事內容理所當然是夢境。而此處的結尾
　　　又特別明示「我是在夢中聽母親說這樣悲慘的故事」，明顯是個「夢中夢」
　　　的結構。

# 三、基本問題：深入了解《夢十夜》「第九夜」

1.此篇作品是第幾人稱的作品呢？

2.此篇作品的作者是誰呢？

3.此篇的敘述者有沒有出現在作品當中呢？

4.此篇作品的出現人物有誰？

5.作品中描寫的時代特徵為何？

6.請根據作品描述的情景，將母親背著3歲小孩出門而到達目的地「八幡宮（はちまんぐう）」之間的路徑，用地圖來示意。

# 四、思考問題：徜徉在《夢十夜》「第九夜」的世界

1.本作品最後一句的「こんな悲<sub>かなし</sub>い話<sub>はなし</sub>を、夢<sub>ゆめ</sub>の中<sub>なか</sub>で母<sub>はは</sub>から聞<sub>きい</sub>た。」象徵了作品結構為何？

2.你認為誠心誠意「御百度<sub>おひゃくど</sub>を踏<sub>ふ</sub>む」的母親的行為，代表著怎麼樣的涵義呢？

3.從色彩觀點來看，「第一夜」與「第三夜」與「第九夜」的場景描寫，有什麼異同？

4.本篇作品的主題，你認為是什麼呢？所持理由為何？

# 披露你不可不知有關漱石的內幕

## ⑬ 漱石與家人的關係

漱石一生對日本的貢獻之大，不難從漱石的肖像被使用於1984年至2004年間通用量最大的千圓紙鈔上窺得一二。只是漱石從小像物品一樣被送來送去，絲毫沒有感到家庭的溫暖，於是當漱石組成自己的家庭時，也不知道如何關愛自己的兒女。據說當漱石的肖像被使用於千圓紙鈔上的光榮時刻，有人將千圓紙鈔上的漱石肖像拿給漱石的子女看時，漱石的子女還對千圓紙鈔上的漱石肖像十分敬畏、非常害怕。由此可知，一代文學巨擘漱石的家庭生活，沒有想像中溫暖。這也常常被拿來跟另一位近代文豪「森鷗外」（もりおうがい）（1862-1922）做對比，因為「森鷗外」（もりおうがい）是近代文學家中，很少見的一位非常關愛家人、也受到家人關愛的文學家。此外，漱石長孫「夏目（なつめ）房之介（ふさ の すけ）」是位漫畫家。而漱石逝世之後，與漱石是姻親關係，且以漱石研究而活躍於文壇者有漱石長女「筆子（ふで こ）」的夫婿「松岡讓（まつおかゆずる）」（松岡讓；1891-1969）、漱石孫女婿「半藤一利（はんどうかずとし）」（半藤一利；1930～）。

### ⑭ 「漱石山脈」（漱石山脈）的形成

　　漱石雖然與家人相處不甚融洽，但是漱石對於慕漱石之名而來的弟子們卻百般呵護。例如漱石弟子「森田草平」（森田草平；1981-1949）與相戀的「平塚らいてう」（平塚らいちょう；平塚雷鳥；1886-1971）私奔至「栃木縣塩原」自殺未遂，這在當時民風保守的明治時代，成為廣受注目的「煤烟事件」（煤煙事件；1908年3月21日）醜聞，報紙爭相報導。事件結束之後，年少輕狂、鑄下大錯的「森田草平」受到社會的譴責，遭逢被封殺、無法翻身的命運。但是身為老師的漱石，仍給予「森田草平」改過向善的機會，並推薦從事文字工作的機會，且鼓勵「森田草平」將事件的始末，寫成小說《煤烟》（煤煙；1909），從中撮合刊載於《朝日新聞》（朝日新聞），這是「森田草平」初次登上文壇的契機，也使得一位年輕人重新再站了起來。而一同私奔的「平塚らいてう」，是日後日本女性解放運動「新しい女」（新女性）的標竿人物，也是女性雜誌《青鞜》（青鞜；1911.9-1916.2）的靈魂人物。另外，還有一位登門求教的弟子「芥川龍之介」（芥川龍之介；1892-1967），也因為漱石激賞其《鼻》（鼻；1916）的創作，使他更有信心在文壇耕耘，終於成為大正時期文壇最光輝燦爛的一顆星星之一。漱石雖然辭去了日本最高學府東京帝國大學的教職，但他在民間恪守教師職責，教育、帶領年輕學子，不也可說是一代教育宗師嗎？

　　附帶一提，日本古時候有一位善於創作「俳句」（俳句；5.7.5共17個字的日本傳統詩歌）的人，名為「松尾芭蕉」（松尾芭蕉；1644-1694），他被譽為「俳聖」。出自「松尾芭蕉」門下有十大弟子，被稱為「蕉門十哲」（芭蕉門下十大哲人）。而漱石也仿效此風雅，成立「木曜の会」（週四之會），成員固定於每週四到「漱石山房」（漱石山房）聚集，該成員中也有漱石的十大弟子，名單如下：「安倍能成」、「寺田寅彥」、「小宮豊隆」、「安倍次郎」、「森田草平」、「野上豊一郎」、「赤木桁平」、「岩波茂雄」、「松根東洋城」、「鈴木三重吉」。這些弟子，之後被評論家「本多顯彰」稱之為「漱石山脈」。可見即使不當大學教授，漱石的影響力還是非同小可。

# 五、參考：現代假名標示
# 《夢十夜》「第九夜」

世の中が何となくざわつき始めた。今にも戦争が起りそうに見える。焼け出された裸馬が、夜昼となく、屋敷の周囲を暴れ廻ると、それを夜昼となく足軽共が犇きながら追かけているような心持がする。それでいて家のうちは森として静かである。

家には若い母と三つになる子供がいる。父はどこかへ行った。父がどこかへ行ったのは、月の出ていない夜中であった。床の上で草鞋を穿いて、黒い頭巾を被って、勝手口から出て行った。その時母の持っていた雪洞の灯が暗い闇に細長く射して、生垣の手前にある古い檜を照らした。

父はそれきり帰って来なかった。母は毎日三つになる子供に「御父様は」と聞いている。子供は何とも云わなかった。しばらくしてから「あっち」と答えるようになった。母が「いつ御帰り」と聞いてもやはり「あっち」と答えて笑っていた。その時は母も笑った。そうして「今に御帰り」と云う言葉を何遍となく繰返して教えた。けれども子供は「今に」だけを覚えたのみである。時々は「御父様はどこ」と聞かれて「今に」と答える事もあった。

夜になって、四隣が静まると、母は帯を締め直して、鮫鞘の短刀を帯の間へ差して、子供を細帯で背中へ背負って、そっと潜りから出て行

く。母はいつでも草履を穿いていた。子供はこの草履の音を聞きながら母の背中で寝てしまう事もあった。

　土塀の続いている屋敷町を西へ下って、だらだら坂を降り尽くすと、大きな銀杏がある。この銀杏を目標に右に切れると、一丁ばかり奥に石の鳥居がある。片側は田圃で、片側は熊笹ばかりの中を鳥居まで来て、それを潜り抜けると、暗い杉の木立になる。それから二十間ばかり敷石伝いに突き当ると、古い拝殿の階段の下に出る。鼠色に洗い出された賽銭箱の上に、大きな鈴の紐がぶら下がって昼間見ると、その鈴の傍に八幡宮と云う額が懸っている。八の字が、鳩が二羽向いあったような書体にできているのが面白い。そのほかにもいろいろの額がある。たいていは家中のものの射抜いた金的を、射抜いたものの名前に添えたのが多い。たまには太刀を納めたのもある。

　鳥居を潜ると杉の梢でいつでも梟が鳴いている。そうして、冷飯草履の音がぴちゃぴちゃする。それが拝殿の前でやむと、母はまず鈴を鳴らしておいて、すぐにしゃがんで柏手を打つ。たいていはこの時梟が急に鳴かなくなる。それから母は一心不乱に夫の無事を祈る。母の考えでは、夫が侍であるから、弓矢の神の八幡へ、こうやって是非ない願をかけたら、よもや聴かれぬ道理はなかろうと一図に思いつめている。

　子供はよくこの鈴の音で眼を覚まして、四辺を見ると真暗だものだから、急に背中で泣き出す事がある。その時母は口の内で何か祈りながら、背を振ってあやそうとする。すると旨く泣きやむ事もある。またま

すます烈しく泣き立てる事もある。いずれにしても母は容易に立たない。

　一通り夫の身の上を祈ってしまうと、今度は細帯を解いて、背中の子を摺りおろすように、背中から前へ廻して、両手に抱きながら拝殿を上って行って、「好い子だから、少しの間、待っておいでよ」ときっと自分の頬を子供の頬へ擦りつける。そうして細帯を長くして、子供を縛っておいて、その片端を拝殿の欄干に括りつける。それから段々を下りて来て二十間の敷石を往ったり来たり御百度を踏む。

　拝殿に括りつけられた子は、暗闇の中で、細帯の丈のゆるす限り、広縁の上を這い廻っている。そう云う時は母にとって、はなはだ楽な夜である。けれども縛った子にひいひい泣かれると、母は気が気でない。御百度の足が非常に早くなる。大変息が切れる。仕方のない時は、中途で拝殿へ上って来て、いろいろすかしておいて、また御百度を踏み直す事もある。

　こう云う風に、幾晩となく母が気を揉んで、夜の目も寝ずに心配していた父は、とくの昔に浪士のために殺されていたのである。

　こんな悲い話を、夢の中で母から聞いた。

# 練習題解答

## ❀ 第1課 ❀

1. 為什麼「おめでたい」＋「ございます」，會變成「おめでとうございます」的唸音呢？

過程說明：

　　「おめでた<u>い</u>」（可喜可賀）為現代日語的形容詞，古語形式則為「おめでた<u>し</u>」。當要接「ございます」時，要用「おめでた<u>し</u>」的連用形「おめでた<u>く</u>」來接續，此時會產生「ウ音便」，成為「おめでた<u>う</u>」。將轉化過程圖示如下：

おめでたい＋ございます：

　　　　　　　改成古文　　　　　　　　找出連用形　　　　　　　產生ウ音便

「おめでた<u>い</u>」 → 「おめでた<u>し</u>」 → 「おめでた<u>く</u>」 →

　　　　　　適用長音轉化

「おめでた<u>う</u>」 → 「おめで<u>とう</u>」

羅馬拼音標示：

　　　　　　改成古文　　　　　　　　　　找出連用形

[o me de ta <u>i</u>] → [o me de ta <u>si</u>（或shi）] →

　　　　　　產生ウ音便　　　　　　　　適用長音轉化

[o me de ta <u>ku</u>] → [o me de ta <u>u</u>] →

　　　　適用長音轉化　　　　　　　適用長音轉化

[o me de ta <u>u</u>] → [o me de <u>tō</u>] → 「おめで<u>とう</u>」

於是，「おめでたい」＋「ございます」，就變成了「おめでとうございます」。

2. 為什麼「よろしい」＋「ございます」，會變成「よろしゅうございます」的唸音呢？

過程說明：

「よろしい」（好）為現代日語的形容詞，古語形式則為「よろし」。當要接「ございます」時，要用「よろし」的連用形「よろしく」來接續，此時會產生「ウ音便」，成為「よろしう」。將轉化過程圖示如下：

よろしい＋ございます：

| 改成古文 | | 找出連用形 | | 產生ウ音便 |
|---|---|---|---|---|
| 「よろしい」 | → | 「よろし」 | → | 「よろしく」 | → |

| 適用長音轉化 | |
|---|---|
| 「よろしう」 | → | 「よろしゅう」 |

羅馬拼音標示：

| 改成古文 | | 找出連用形 |
|---|---|---|
| [yo ro si（或shi）i] | → | [yo ro si（或shi）] | → |

| 產生ウ音便 | | 適用長音轉化 |
|---|---|---|
| [yo ro si（或shi）ku] | → | [yo ro si（或shi）u] | → |

| 適用長音轉化 | | 適用長音轉化 |
|---|---|---|
| [yo ro si（或shi）u] | → | [yo ro shyū] | → | 「よろしゅう」 |

於是，「よろしい」＋「ございます」，會變成「よろしゅうございます」。

# ❀ 第2課 ❀

　　練習題是歷史假名標示的《我是貓》的文章。已從文章中挑出15個較難的歷史假名標示。請將此15個歷史假名標示，加上推演過程的說明，推演出現代假名標示。

（1）猶豫＝[i u yo]＝[yū yo]＝ゆうよ＝猶予

（2）暖かさうな＝[a ta ta ka sa u na]＝[a ta ta ka sō na]
　　　＝あたたかそうな＝暖かそうな

（3）考へる＝考える

　　　【歷史假名標示的「ハ行」，位於第二假名之後的唸音轉變。】

（4）機會＝[ki ku wa i]＝[ki ka i]＝きかい＝機会

　　　【「u」與「w」無聲化，消失不用所致。】

（5）遭遇＝[sa u gu u]＝[sō gu u]＝そうぐう＝遭遇

（6）亂暴＝[ra n ba u]＝[ra n bō]＝らんぼう＝乱暴

（7）抛り出した＝[ha u ri da si（或shi） ta]＝[hō ri da si（或shi） ta]
　　　＝ほうりだした＝抛り出した

（8）這ひ上つた＝這い上った

　　　【歷史假名標示的「ハ行」，位於第二假名之後的唸音轉變。】與【歷史假名標示的「つ」，視為「っ」。】

（9）返報＝[he n pa u]＝[he n pō]＝へんぽう＝返報

（10）痞＝痞

　　　【歷史假名標示的「ハ行」，位於第二假名之後的唸音轉變。】

（11）樣＝[ya u]＝[yō]＝よう＝様

（12）主人（しゆじん）＝主人（しゅじん）

【歷史假名標示的「拗音（ようおん）」（拗音），字體一樣大小。】

（13）騷々しい（さうざう）＝[sa u za u si（或shi） i]＝[sō zō si（或shi） i]

＝そうぞうしい＝騷々しい（そうぞう）

（14）下女（げ ぢよ）＝げぢよ＝げじよ＝げじょ＝下女（げ じよ）

【「ぢ」相當於「じ」。】與【歷史假名標示的「拗音（ようおん）」，字體一樣大小。】

（15）遂に（つひ）＝遂に（つい）

【歷史假名標示的「ハ行（ぎよう）」，位於第二假名之後的唸音轉變。】

# ❀ 第3課 ❀

　　下面為用歷史假名標示的《我是貓》文章。請練習找出各句主語、述語、補語、修飾語等。

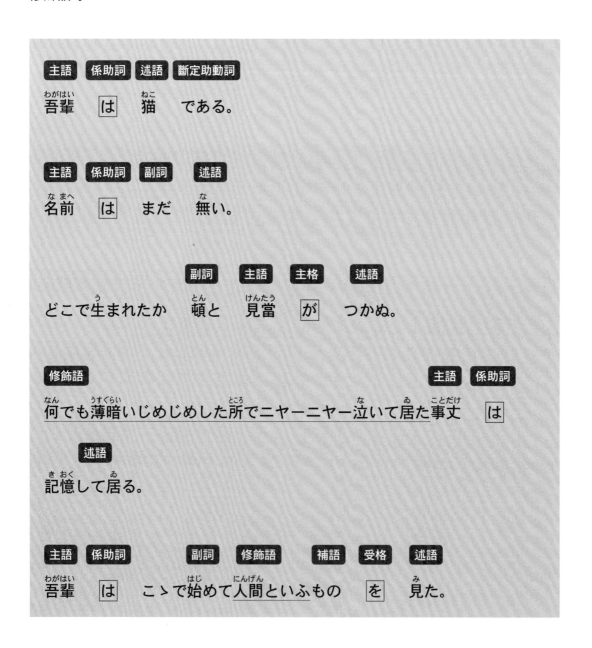

【主語】【係助詞】【修飾語】
然もあとで聞くと、それ　は　書生といふ人間中で一番獰惡な

【述語】　　　　　【傳聞助動詞】
種族であつたさうだ。

【修飾語】　　　　【主語】【係助詞】【修飾語】　　　　　　　　　　　　　　【述語】
此書生といふの　は　時々我々を捕へて煮て食ふといふ話

【斷定助動詞】
である。

【接續詞】　　　【係助詞】　　　　　　　　【格助詞】　　　　　　　【連語】
然し　其當時は何といふ考もなかつたから　別段恐しい　とも

【述語】
思はなかつた。

【副詞】【修飾語】　　　　　　　　　　　　　　　　　　　　　　　【修飾語】
但　彼の掌に載せられてスーと持ち上げられた時　何だか

　　　　　　【主語】　【主格】【述語】　　　　　【斷定助動詞】
フハフハした感じ　が　有つた許り　である。

格助詞　　　　述語　接續助詞　修飾語　　　　主語　主格　　修飾語

掌の上で　少し落ち付いて　書生の顔を見たの　が　所謂人間

述語

といふものゝ見始であらう。

修飾語　　　　　　　　　主語　主格　副詞　述語

此時妙なものだと思つた感じ　が　今でも殘つて居る。

副詞　修飾語　　　　　　　　　主語　主格　述語　　接續助詞　述語

第一毛を以て裝飾されべき筈の顏　が　つるつるして丸で藥罐だ。

述語　接續助詞　修飾語　　　　　　　　　主語

其後　猫にも大分逢つたが　こんな片輪には一度も出會はした事

主格　述語

が　ない。

接續詞　修飾語　主語　主格　副詞　　　述語

加之　顏の眞中　が　餘りに　突起して居る。

接續詞　　　修飾語　格助詞　副詞　　　　　　補語　受格　述語

そうして　其穴の中から　時々　ぷうぷうと　烟　を　吹く。

| 副詞 | | 接續助詞 | 副詞 | 述語 |
| --- | --- | --- | --- | --- |

どうも　咽（む）せぽくて　實（じっ）に　弱（よわ）つた。

| 修飾語 | | | 主語 | 係助詞 | 副詞 | 修飾語 |
| --- | --- | --- | --- | --- | --- | --- |

是（これ）が　人間（にんげん）の飲（の）む烟草（たばこ）といふものである事（こと）　は　漸（やうや）く　此頃（このごろ）

述語

知（し）つた。

中文翻譯

　　我是一隻貓。還沒有名字。

　　根本不知道自己在哪裡出生。只記得在灰暗潮濕的地方，獨自喵喵地哭泣著。我在此第一次見到叫做人類的東西。而且，之後聽說這叫做書生，是人類當中最猙獰、兇殘的種族。這叫做書生的人，常常抓起我們說要煮來吃。然而，當時因為沒什麼概念，也不覺得特別害怕。只是被他放在手掌心，突然抓起來時，總感覺到頭昏眼花。在手掌心上稍微坐穩一看書生的臉龐，這是我第一次看到所謂的人類。當時覺得怎麼有這樣奇怪的東西，這種感覺至今仍記憶猶新。最重要的是，該用毛來裝飾的臉龐，卻像茶壺一般光溜溜的。之後，我也遇到許多的貓族，但從來沒有見過這樣殘廢的東西。又加上臉龐中間，非常突起。且從那洞穴中，常常噴出煙來。那煙總覺得太嗆鼻，讓我不知所措。不久，終於明白這是人類抽的東西，叫做香菸。

# ❀ 第4課 ❀

## 練習題（一）

請判斷下面句子為A「単文」、B「重文」、C「複文」中的哪一種。

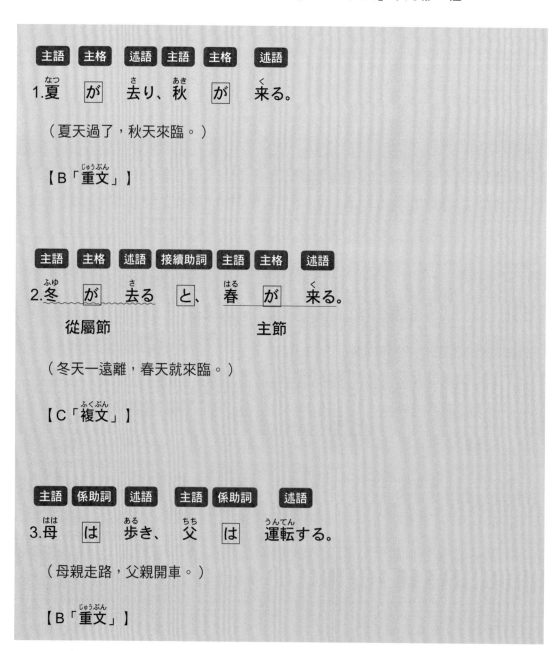

主語　主格　述語　主語　主格　述語

1.夏 が 去り、秋 が 来る。

（夏天過了，秋天來臨。）

【B「重文」】

主語　主格　述語　接續助詞　主語　主格　述語

2.冬 が 去る と、春 が 来る。

　　　從屬節　　　　　　主節

（冬天一遠離，春天就來臨。）

【C「複文」】

主語　係助詞　述語　主語　係助詞　述語

3.母 は 歩き、父 は 運転する。

（母親走路，父親開車。）

【B「重文」】

| 主語 | 係助詞 | | 補語 | 受格 | 述語 | | 述語 |

4.父 は スピードを出して、 運転する。
　　　　　　　　　従屬節　　　　　　主節

（父親加快速度開車。）

【C「複文」】

| | 修飾語 | | | 主語 | 係助詞 | 副詞 | | 述語 |

5.痩せなければいけないと思っている 母 は、毎日 歩いている。

（心想不瘦不行的母親，每天走路。）

【C「複文」】

| | 修飾語 | | 主語 | 係助詞 | | 補語 | 受格 | 述語 | | 述語 |

6.仕事に急いでいる 父 は、 スピードを出して、 運転する。
　　　　　　　　　　　　　　　　　　　　　　　從屬節　　　　　　主節

（急著工作的父親，加快速度開車。）

【C「複文」】

修飾語　　　　　　　　　　　　　　主語　主格　補語　受格　述語

7.私の飛行機に間に合うように、　父　が　スピードを出して、

　　　　　述語

　　　　　　　　　　　　　　　　　　　　並列節

運転する。

　　主節

（為了趕得上我的飛機，父親加快速度開車。）

【C「複文」】

修飾語　　　　形式名詞　係助詞　　述語　斷定助動詞

8.最後に恩師に会った　　の　　は、去年　であった。

（最後見到恩師，是在去年。）

【C「複文」】

修飾語　　　形式名詞　係助詞　　　　　　修飾語　　　　述語

9.容疑者が姿を消した　　の　　は、　逮捕命令が下りてからの　事

斷定助動詞

であった。

（嫌疑犯消聲匿跡，是在下逮捕令之後的事。）

【C「複文」】

修飾語 　　　　　　　　主語　係助詞　述語

10. <u>一日(いちにち)も早(はや)く世界(せかい)が平和(へいわ)になる</u>ように　私(わたし)　は　願(ねが)っている。

（我祈願世界早日和平。）

【C「複文(ふくぶん)」】

## 練習題（二）

下面為用歷史假名標示的《我是貓》文章。先將句中的格助詞框出來，再找出主語、述語、補語、修飾語所在，試著分析句子的結構。

### 第一句

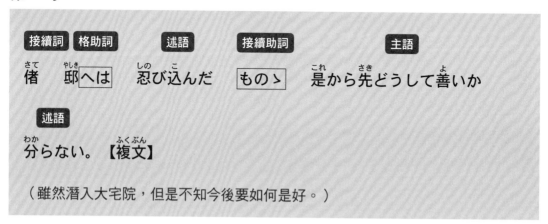

```
接續詞    格助詞         述語        接續助詞                    主語
偖   邸へは   忍び込んだ  ものゝ  是から先どうして善いか
（さて）（やしき）     （しの）（こ）                （これ）   （さき）       （よ）

述語
分らない。【複文】
（わか）          （ふくぶん）
```

（雖然潛入大宅院，但是不知今後要如何是好。）

### 第二句

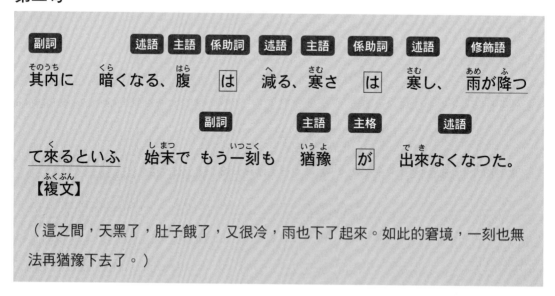

```
副詞           述語 主語 係助詞 述語 主語 係助詞 述語    修飾語
其内に   暗くなる、腹  は  減る、寒さ  は  寒し、雨が降つ
（そのうち）（くら）  （はら）   （へ）  （さむ）  （さむ）  （あめ）（ふ）

              副詞         主語   主格        述語
て來るといふ  始末で もう一刻も  猶豫  が  出來なくなつた。
（く）       （しまつ）（いっこく）（いうよ）    （でき）
【複文】
（ふくぶん）
```

（這之間，天黑了，肚子餓了，又很冷，雨也下了起來。如此的窘境，一刻也無法再猶豫下去了。）

## 第三句

| 主語 | 主格 | 述語 | 接續助詞 | 副詞 | 修飾語 |
|---|---|---|---|---|---|
| 仕方 | が | ない | から | 兎に角 | 明るくて暖かさうな |

| 連語 | 述語 | 接續助詞 | 述語 |
|---|---|---|---|
| 方へ方へと | あるいて | | 行く。【複文】 |

（因為沒辦法，總之只好往又明亮又溫暖的方向走去。）

## 第四句

| 述語 | 接續助詞 | 係助詞 | 副詞 | 格助詞 | 述語 | 接續助詞 |
|---|---|---|---|---|---|---|
| 今から考へる | と | 其時は | 既に | 家の内に | 這入つて | |

| 述語 | 斷定助動詞 |
|---|---|
| 居つた | のだ。【複文】 |

（現在想起來，那時已經進入到屋子裡了。）

## 第五句

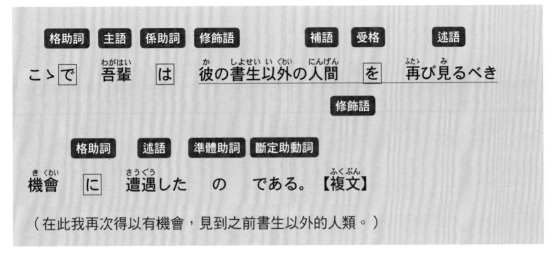

| 格助詞 | 主語 | 係助詞 | 修飾語 | 補語 | 受格 | 述語 |
|---|---|---|---|---|---|---|
| こゝで | 吾輩 | は | 彼の書生以外の人間 | を | | 再び見るべき |

修飾語

| 格助詞 | 述語 | 準體助詞 | 斷定助動詞 |
|---|---|---|---|
| 機會 | に | 遭遇した | の | である。【複文】 |

（在此我再次得以有機會，見到之前書生以外的人類。）

## 第六句

| 修飾語 | | 形式名詞 | 主格 | 述語 | 斷定助動詞 |
|---|---|---|---|---|---|
| 第一に逢つた | | の | が | おさん | である。【複文】 |

（首先遇到的是，叫做阿桑的人。）

## 第七句

| 主語 | 係助詞 | 修飾語 | 述語 | 接續詞 |
|---|---|---|---|---|
| 是 | は | 前の書生より一層亂暴な | 方で 吾輩を見る | や否や |

| 副詞 | 補語 | 受格 | 述語 | 格助詞 | 述語 |
|---|---|---|---|---|---|
| いきなり | 頸筋 | を | つかんで | 表 へ | 抛り出した。【複文】 |

（這個人比之前的書生還要更加粗暴，他一看見我就突然掐住我的脖子，將我扔到外面。）

## 第八句

| 副詞 | 主語 | 係助詞 | | 格助詞 | 補語 | 受格 | 述語 | 接續助詞 |
|---|---|---|---|---|---|---|---|---|
| いや | 是 | は | 駄目だと思つた | から | 眼 | を | ねぶつて | |

| 補語 | 受格 | 格助詞 | 述語 |
|---|---|---|---|
| 運 | を | 天 に | 任せて居た。【複文】 |

（不！我心想這次真的完蛋，於是閉上了眼，聽天由命。）

## 第九句

接續詞　修飾語　　形式名詞　格助詞　修飾語　形式名詞　連語　　　副詞

然<sup>しか</sup>し　ひもじい　の　と　寒<sup>さむ</sup>い　の　には　どうしても

述語

我慢<sup>がまん</sup>が　出來<sup>でき</sup>ん。【複文<sup>ふくぶん</sup>】

（然而，無論如何也難以忍受飢寒交迫。）

## 第十句

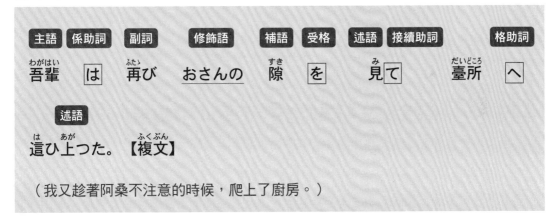

主語　係助詞　副詞　　　修飾語　補語　受格　述語　接續助詞　　　格助詞

吾輩<sup>わがはい</sup>　は　再<sup>ふたゝ</sup>び　おさんの　隙<sup>すき</sup>　を　見<sup>み</sup>て　臺所<sup>だいどころ</sup>　へ

述語

這<sup>は</sup>ひ上<sup>あが</sup>つた。【複文<sup>ふくぶん</sup>】

（我又趁著阿桑不注意的時候，爬上了廚房。）

## 第十一句

接續詞　　　副詞　　副詞　　　述語

すると　間<sup>ま</sup>もなく　又<sup>また</sup>　投<sup>な</sup>げ出<sup>だ</sup>された。【単文<sup>たんぶん</sup>】

（於是，過了不久，我又被丟了出去。）

## 第十二句

主語 係助詞 述語 連語 述語 連語

吾輩 は 投げ出されては這ひ上り、這ひ上つては投げ出され、

副詞 修飾語 形式名詞 受格 補語 受格

何でも 同じ 事 を 四五遍 繰り返した の を

述語

記憶して居る。【複文】

（我記得被丟出去又爬上來，爬上來又被丟出去，同樣的動作重複了四、五次。）

## 第十三句

副詞 修飾語 主語 係助詞 副詞 副詞 述語

其時に おさんと云ふ 者 は つくづく いやに なつた。

【複文】

（那時我討厭叫做阿桑的這個人至極。）

## 第十四句

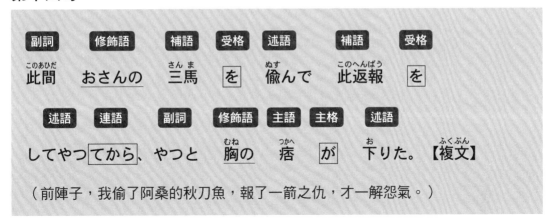

| 副詞 | 修飾語 | 補語 | 受格 | 述語 | 補語 | 受格 |
|---|---|---|---|---|---|---|
| 此間 | おさんの | 三馬 | を | 偸んで | 此返報 | を |

| 述語 | 連語 | 副詞 | 修飾語 | 主語 | 主格 | 述語 |
|---|---|---|---|---|---|---|
| してやつ | てから、 | やつと | 胸の | 痞 | が | 下りた。【複文】 |

（前陣子，我偷了阿桑的秋刀魚，報了一箭之仇，才一解怨氣。）

## 第十五句

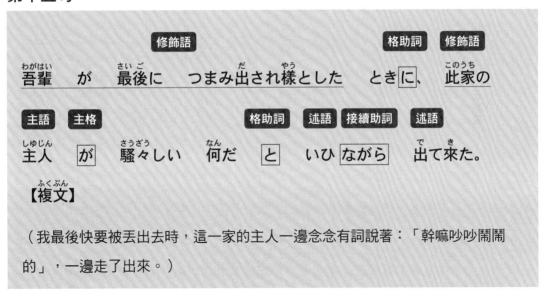

| | | 修飾語 | | 格助詞 | 修飾語 |
|---|---|---|---|---|---|
| 吾輩 | が | 最後に | つまみ出され樣とした | ときに、 | 此家の |

| 主語 | 主格 | | 格助詞 | 述語 | 接續助詞 | 述語 |
|---|---|---|---|---|---|---|
| 主人 | が | 騷々しい | 何だ | と | いひ ながら | 出て來た。 |

【複文】

（我最後快要被丟出去時，這一家的主人一邊念念有詞說著：「幹嘛吵吵鬧鬧
的」，一邊走了出來。）

## 第十六句

主語 係助詞 補語 受格　述語 接續助詞 修飾語　　格助詞
下女 は 吾輩 を　ぶら下げて 主人の 方 へ

述語 接續助詞 修飾語　　主語 主格　　　述語 連語
向け て 此宿なしの 小猫 が いくら 出しても

述語 連語　　格助詞 述語　接續助詞 述語 格助詞 述語
出しても 御臺所 へ 上つて 來て 困ります と いふ。

【複文】

（女傭拎著我，面對主人的方向說：「這隻野貓，無論怎麼趕出去，還是爬上廚房來，實在很傷腦筋。」）

## 第十七句

主語 係助詞　修飾語　　補語 受格 述語 接續助詞 修飾語　補語
主人 は 鼻の下の黒い 毛 を 撚り ながら 吾輩の 顔

受格 副詞　　述語　　接續助詞 副詞　　修飾語
を 暫らく 眺めて 居つたが、 やがて そんなら 内 へ

格助詞 述語 接續助詞
置いてやれ と いつた まゝ 奥 へ 這入つて 仕舞つた。

【複文】

（主人邊捻了捻鼻下的黑鬍子，邊盯著我看了一會兒，不久說出：「要是這樣的話，就把牠收容在家吧！」說完便進屋去了。）

## 第十八句

| 主語 | 係助詞 | 副詞 | 修飾語 | 格助詞 | 述語 |
|---|---|---|---|---|---|

主人 は 餘り 口を聞かぬ 人 と 見えた。【複文】

（主人看起來像是不太愛說話的人。）

## 第十九句

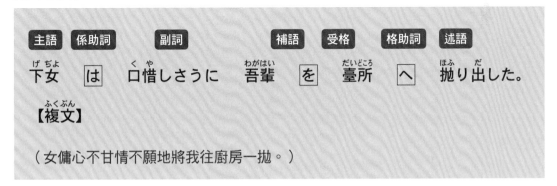

| 主語 | 係助詞 | 副詞 | 補語 | 受格 | 格助詞 | 述語 |
|---|---|---|---|---|---|---|

下女 は 口惜しさうに 吾輩 を 臺所 へ 抛り出した。
【複文】

（女傭心不甘情不願地將我往廚房一拋。）

## 第二十句

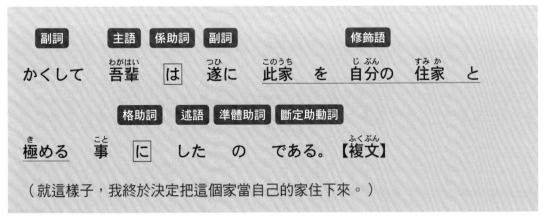

| 副詞 | 主語 | 係助詞 | 副詞 | 修飾語 |
|---|---|---|---|---|

かくして 吾輩 は 遂に 此家 を 自分の 住家 と

| 格助詞 | 述語 | 準體助詞 | 斷定助動詞 |
|---|---|---|---|

極める 事 に した の である。【複文】

（就這樣子，我終於決定把這個家當自己的家住下來。）

# ❀ 第5課 ❀

　　請依上述的4個步驟，逐步拆解下面文章中的句子，找出主語、述語、修飾語、補語、格助詞等。

## 第一句

主語　係助詞　述語　斷定助動詞

吾輩（わがはい）　は　猫（ねこ）　である。

## 第二句

主語　係助詞　副詞　述語

名前（なまへ）　は　まだ　無（な）い。

## 第三句

格助詞　　　副詞　主語　主格　述語

どこで生（うま）れたか　頓（とん）と　見當（けんたう）　が　つかぬ。

## 第四句

副詞 格助詞 接續助詞 主語 係助詞

何でも薄暗いじめじめした所で　ニヤーニヤー泣いて居た事丈　は

修飾語　修飾語

述語 接續助詞

記憶して居る。

## 第五句

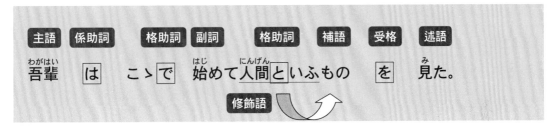

主語 係助詞 格助詞 副詞 格助詞 補語 受格 述語

吾輩　は　こゝで　始めて人間といふもの　を　見た。

修飾語

## 第六句

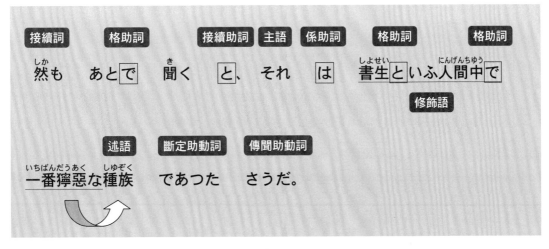

接續詞 格助詞 接續助詞 主語 係助詞 格助詞 格助詞

然も　あとで　聞く　と、　それ　は　書生といふ人間中で

修飾語

述語 斷定助動詞 傳聞助動詞

一番獰惡な種族　であつた　さうだ。

# 🌸 第6課 🌸

　　請參考第1、2課說明的原則，將文中的歷史假名標示，改寫成現代假名標示，並說明為什麼會變成如此？


1.「<ruby>坐<rt>すわ</rt></ruby>つて<ruby>居<rt>ゐ</rt></ruby>る」＝<ruby>坐<rt>すわ</rt></ruby>って<ruby>居<rt>い</rt></ruby>る

【歷史假名標示的「つ」，視為「っ」。】與【歷史假名標示的「ゐ」，視為「い」。】

2.「<ruby>仰向<rt>あふむき</rt></ruby>」＝［a u mu ki］＝［ō mu ki］＝おおむき＝<ruby>仰向<rt>おおむき</rt></ruby>

【歷史假名標示的長音轉音的規則。】

3.「<ruby>女<rt>をんな</rt></ruby>」＝おんな＝<ruby>女<rt>おんな</rt></ruby>

【歷史假名標示的「を」，視為「お」。】

4.「<ruby>靜<rt>しづ</rt></ruby>かな」＝しずかな＝<ruby>静<rt>しず</rt></ruby>かな

【歷史假名標示的「づ」，相當於「ず」。】

5.「<ruby>声<rt>こゑ</rt></ruby>」＝こえ＝<ruby>声<rt>こえ</rt></ruby>

【歷史假名標示的「ゑ」，視為「え」。】

6.「<ruby>云<rt>い</rt></ruby>ふ」＝<ruby>云<rt>い</rt></ruby>う

【歷史假名標示的「ハ<ruby>行<rt>ぎょう</rt></ruby>」，位於第二假名之後的唸音轉變。】

7.「<ruby>輪郭<rt>りんくわく</rt></ruby>」＝［ri n ku wa ku］＝［ri n ka ku］＝りんかく＝<ruby>輪郭<rt>りんかく</rt></ruby>

【「u」與「w」無聲化，消失不用所致。】

8.「<ruby>柔<rt>やは</rt></ruby>らかな」＝やわらかな＝<ruby>柔<rt>やわ</rt></ruby>らかな

【歷史假名標示的「ハ<ruby>行<rt>ぎょう</rt></ruby>」，位於第二假名之後的唸音轉變。】

9.「<ruby>瓜実顔<rt>うりざねがほ</rt></ruby>」＝うりざねがお＝<ruby>瓜実顔<rt>うりざねがお</rt></ruby>

【歷史假名標示的「ハ<ruby>行<rt>ぎょう</rt></ruby>」，位於第二假名之後的唸音轉變。】

10.「横たへてゐる」＝横たえている

【歴史假名標示的「ハ行」，位於第二假名之後的唸音轉變。】與【歷史假名標示的「ゐ」，視為「い」。】

11.「真白な」＝まっしろな＝真白な

【歷史假名標示的「つ」，視為「っ」。】

12.「頰」＝頰＝ほお＝頰

【日文疊字的標示方式。】與【歷史假名標示的「ハ行」，位於第二假名之後的唸音轉變。】

13.「温かい」＝あたたかい＝温かい

【日文疊字的標示方式。】

14.「到底」＝[ta u te i]＝[tō te i]＝とうてい＝到底

【歷史假名標示的長音轉音的規則。】

15.「樣」＝[ya u]＝[yō]＝よう＝樣

【歷史假名標示的長音轉音的規則。】

16.「大きな」＝おおきな＝大きな

【歷史假名標示的「ハ行」，位於第二假名之後的唸音轉變。】

17.「潤」＝うるおい＝潤

【歷史假名標示的「ハ行」，位於第二假名之後的唸音轉變。】

18.「只」＝ただ

【日文疊字的標示方式。】

19.「ぢや」＝ぢゃ＝じゃ

【歷史假名標示的「拗音」（拗音），字體一樣大小。】與【歷史假名標示「ぢ」，相當於「じ」。】

20.「なからう」＝[na ka ra u]＝[na ka rō]＝なかろう

【歷史假名標示的長音轉音的規則。】

21.「大丈夫<sup>だいぢやうぶ</sup>」＝[da i ja u bu]＝[da i jō bu]＝だいじょうぶ＝大丈夫<sup>だいじょうぶ</sup>

　　【歷史假名標示的長音轉音的規則。】

22.「だらう」＝[da ra u]＝[da rō]＝だろう

　　【歷史假名標示的長音轉音的規則。】

23.「聞<sup>き</sup>き返<sup>かへ</sup>した」＝ききかえした＝聞<sup>き</sup>き返<sup>かえ</sup>した

　　【歷史假名標示的「ハ行<sup>ぎょう</sup>」，位於第二假名之後的唸音轉變。】

24.「眠<sup>ねむ</sup>さうに」＝[ne mu sa u ni]＝[ne mu sō ni]＝ねむそうに
　　＝眠<sup>ねむ</sup>そうに

　　【歷史假名標示的長音轉音的規則。】

25.「睜<sup>みは</sup>つた」＝睜<sup>みは</sup>った

　　【「睜<sup>みは</sup>る」視為一個單字。】與【歷史假名標示的「つ」，視為「っ」。】

26.「顏<sup>かほ</sup>」＝かお＝顏<sup>かお</sup>

　　【歷史假名標示的「ハ行<sup>ぎょう</sup>」，位於第二假名之後的唸音轉變。】

27.「真珠貝<sup>しんじゆがひ</sup>」＝しんじゅがい＝真珠貝<sup>しんじゅがい</sup>

　　【歷史假名標示的「拗音<sup>ようおん</sup>」，字體一樣大小。】與【歷史假名標示的「ハ行<sup>ぎょう</sup>」，
　　位於第二假名之後的唸音轉變。】

28.「逢<sup>あ</sup>ひ」＝逢<sup>あ</sup>い

　　【歷史假名標示的「ハ行<sup>ぎょう</sup>」，位於第二假名之後的唸音轉變。】

29.「でせう」＝[de se u]＝[de syō]＝でしょう

　　【歷史假名標示的長音轉音的規則。】

30.「さうして」＝[sa u si（或shi）te]＝[sō si（或shi）te]＝そうして

　　【歷史假名標示的長音轉音的規則。】

31.「待<sup>ま</sup>つてゐられますか」＝待<sup>ま</sup>っていられますか

　　【歷史假名標示的「ゐ」，視為「い」。】與【歷史假名標示的「つ」，視為
　　「っ」。】

32.「首肯た」＝うなずいた＝首肯た

【歷史假名標示的「づ」，相當於「ず」。】

33.「調子」＝[te u si（或shi）]＝[tyō si（或shi）]＝ちょうし＝調子

【歷史假名標示的長音轉音的規則。】

34.「閉ぢた」＝閉じた

【歷史假名標示「ぢ」，相當於「じ」。】

35.「間」＝あいだ＝間

【歷史假名標示的「ハ行」，位於第二假名之後的唸音轉變。】

36.「庭」＝にわ＝庭

【歷史假名標示的「ハ行」，位於第二假名之後的唸音轉變。】

37.「匂」＝におい＝匂

【歷史假名標示的「ハ行」，位於第二假名之後的唸音轉變。】

38.「上」＝うえ＝上

【歷史假名標示的「ハ行」，位於第二假名之後的唸音轉變。】

39.「大空」＝おおぞら＝大空

【歷史假名標示的「ハ行」，位於第二假名之後的唸音轉變。】

40.「かうして」＝[ka u si（或shi） te]＝[kō si（或shi） te]＝こうして

【歷史假名標示的長音轉音的規則。】

41.「考へながら」＝考えながら

【歷史假名標示的「ハ行」，位於第二假名之後的唸音轉變。】

42.「通り」＝とおり＝通り

【歷史假名標示的「ハ行」，位於第二假名之後的唸音轉變。】

43.「勘定」[ka n ja u]＝[ka n jō]＝かんじょう＝勘定

【歷史假名標示的長音轉音的規則。】

44.「唐紅」＝からくれない＝唐紅

　　【歷史假名標示的「ハ行」，位於第二假名之後的唸音轉變。】

45.「天道」＝[te n da u]＝[te n dō]＝てんどう＝天道

　　【歷史假名標示的長音轉音的規則。】

46.「仕舞」＝しまい＝仕舞

　　【歷史假名標示的「ハ行」，位於第二假名之後的唸音轉變。】

47.「方」＝[ha u]＝[hō]＝ほう＝方

　　【歷史假名標示的長音轉音的規則。】

48.「青い」＝あおい＝青い

　　【歷史假名標示的「を」，視為「お」。】

49.「徹へる」＝徹える

　　【歷史假名標示的「ハ行」，位於第二假名之後的唸音轉變。】

50.「丁度」＝[cha u do]＝[chō do]＝ちょうど＝丁度

　　【歷史假名標示的長音轉音的規則。】與【歷史假名標示的「拗音」，字體一樣
　　大小。】

51.「拍子」＝[hya u si（或shi）]＝[hyō si（或shi）]＝ひょうし＝拍子

　　【歷史假名標示的長音轉音的規則。】

52.「遠い」＝とおい＝遠い

　　【歷史假名標示的「ハ行」，位於第二假名之後的唸音轉變。】

# ❀ 第7課 ❀

請參考第1、2課說明的原則，將文中的歷史假名標示，改寫成現代假名標示，並說明為什麼會變成如此？

1.「青坊主」＝[a o ba u zu]＝[a o bō zu]＝あおぼうず＝青坊主

　　【歷史假名標示的長音轉音的規則。】與【歷史假名標示的「を」，視為「お」。】

2.「御前」＝おまえ＝御前

　　【歷史假名標示的「ハ行」，位於第二假名之後的唸音轉變。】

3.「答へた」＝答えた

　　【歷史假名標示的「ハ行」，位於第二假名之後的唸音轉變。】

4.「声」＝こえ＝声

　　【歷史假名標示的「ゑ」，視為「え」。】

5.「相違」＝そうい＝相違

　　【歷史假名標示的「ゐ」，視為「い」。】

6.「對等」＝[tai ta u]＝[tai tō]＝たいとう＝對等

　　【歷史假名標示的長音轉音的規則。】

7.「左右」＝[sa i u]＝[sa yū]＝さゆう＝左右

　　【歷史假名標示的長音轉音的規則。】

8.「青田」＝あおた＝青田

　　【歷史假名標示的「を」，視為「お」。】

9.「様」＝[ya u]＝[yō]＝よう＝様

　　【歷史假名標示的長音轉音的規則。】

10.「ぢや」＝ぢゃ＝じゃ

【歷史假名標示的「拗音」，字體一樣大小。】與【歷史假名標示「ぢ」，相當於「じ」。】

11.「向ふ」＝向う＝[mu ka u]＝[mu kō]＝むこう＝向う

【歷史假名標示的「ハ行」，位於第二假名之後的唸音轉變。】與【歷史假名標示的長音轉音的規則。】

12.「大きな」＝おおきな＝大きな

【歷史假名標示的「ハ行」，位於第二假名之後的唸音轉變。】

13.「笑ふ」＝笑う

【歷史假名標示的「ハ行」，位於第二假名之後的唸音轉變。】

14.「一寸」＝ちょっと＝一寸

【歷史假名標示的「拗音」，字體一樣大小。】與【歷史假名標示的「つ」，視為「っ」。】

15.「立つてる」＝立ってる

【歷史假名標示的「つ」，視為「っ」。】

16.「右堀田原」＝みぎほったわら＝右堀田原

【歷史假名標示的「つ」，視為「っ」。】與【歷史假名標示的「ハ行」，位於第二假名之後的唸音轉變。】

17.「井守」＝いもり＝井守

【歷史假名標示的「ゐ」，視為「い」。】

18.「最先」＝さっき＝最先

【歷史假名標示的「つ」，視為「っ」。】

19.「上」＝上

【歷史假名標示的「ハ行」，位於第二假名之後的唸音轉變。】

20.「躊躇」＝[chi u cho]＝[chyū cho]＝ちゅうちょ＝躊躇

　　【歷史假名標示的長音轉音的規則。】與【歷史假名標示的「拗音」，字體一樣

　　大小。】

21.「遠慮」＝ゑんりょ＝遠慮

　　【歷史假名標示的「ゑ」，視為「え」。】與【歷史假名標示的「拗音」，字體

　　一樣大小。】

22.「方」＝[ha u]＝[hō]＝ほう＝方

　　【歷史假名標示的長音轉音的規則。】

23.「考へながら」＝考えながら

　　【歷史假名標示的「ハ行」，位於第二假名之後的唸音轉變。】

24.「不自由」＝[hu（或fu） ji i u]＝[hu（或fu） ji yū]＝ふじゆう＝不自由

　　【歷史假名標示的長音轉音的規則。】

25.「仕舞はふ」＝仕舞わう＝[si（或shi）ma wa u]＝[si（或shi） ma ō]＝しまおう

　　【歷史假名標示的「ハ行」，位於第二假名之後的唸音轉變。】

26.「丁度」＝[cha u do]＝[chō do]＝ちょうど＝丁度

　　【歷史假名標示的長音轉音的規則。】與【歷史假名標示的「拗音」，

　　字體一樣大小。】

27.「際どい」＝際どい

　　【歷史假名標示的「ハ行」，位於第二假名之後的唸音轉變。】

28.「只」＝ただ＝只

　　【日文疊字的標示方式。】

29.「さうして」＝[sa u si（或shi） te]＝[sō si（或shi） te]＝そうして

　　【歷史假名標示的長音轉音的規則。】

30.「夢中」＝むちゅう＝夢中

　　【歷史假名標示的「拗音」，字體一樣大小。】

31.「小さい」=ちいさい=小さい

【歷史假名標示的「ハ行」，位於第二假名之後的唸音轉變。】

32.「食付いてゐて」=くっついていて=食付いていて

【歷史假名標示的「つ」，視為「っ」。】與【歷史假名標示的「ゐ」，視為「い」。】

33.「光つてゐる」=光っている

【歷史假名標示的「つ」，視為「っ」。】與【歷史假名標示的「ゐ」，視為「い」。】

34.「通り」=とおり=通り

【歷史假名標示的「ハ行」，位於第二假名之後的唸音轉變。】

35.「さうだ」=[sa u da]=[sō da]=そうだ

【歷史假名標示的長音轉音的規則。】

36.「思はず」=思わず

【歷史假名標示的「ハ行」，位於第二假名之後的唸音轉變。】

37.「云ふ」=云う

【歷史假名標示的「ハ行」，位於第二假名之後的唸音轉變。】

38.「起つた」=起った

【歷史假名標示的「つ」，視為「っ」。】

39.「急」=きう=[ki u]=[kyū]=きゅう=急

【歷史假名標示的「ハ行」，位於第二假名之後的唸音轉變。】與【歷史假名標示的長音轉音的規則。】

40.「石地藏」=[i si（或shi）ji za u]=[i si（或shi）ji zō]
　=いしじぞう=石地藏

【歷史假名標示的長音轉音的規則。】與【歷史假名標示的「ぢ」，相當於「じ」。】

# ❀ 第8課 ❀

　　請參考第1、2課說明的原則,將文中的歷史假名標示,改寫成現代假名標示,並說明為什麼會變成如此?

1.「起りさうに」＝[o ko ri sa u ni]＝[o ko ri sō ni]＝おこりそうに
　＝起りそうに
　【歷史假名標示的長音轉音的規則。】

2.「周圍」＝まわり＝周圍
　【歷史假名標示的「ハ行」,位於第二假名之後的唸音轉變。】

3.「暴れ廻る」＝あれまわる＝暴れ廻る
　【歷史假名標示的「ハ行」,位於第二假名之後的唸音轉變。】

4.「追掛けてゐる」＝追掛けている
　【歷史假名標示的「つ」,視為「っ」。】與【歷史假名標示的「ゐ」,視為「い」。】

5.「樣」＝[ya u]＝[yō]＝よう＝樣
　【歷史假名標示的長音轉音的規則。】

6.「家」＝いえ＝家
　【歷史假名標示的「ハ行」,位於第二假名之後的唸音轉變。】

7.「靜かな」＝しずかな＝靜かな
　【歷史假名標示的「づ」,相當於「ず」。】

8.「父」＝ちち＝父
　【日文疊字的標示方式。】

9.「草鞋」＝わらじ＝草鞋

　　【歷史假名標示的「ハ行」，位於第二假名之後的唸音轉變。】與【歷史假名標示

　　的「ぢ」，相當於「じ」。】

10.「頭巾」＝ずきん＝頭巾

　　【歷史假名標示的「づ」，相當於「ず」。】

11.「勝手口」＝かってぐち＝勝手口

　　【歷史假名標示的「つ」，視為「っ」。】

12.「手前」＝てまえ＝手前

　　【歷史假名標示的「ハ行」，位於第二假名之後的唸音轉變。】

13.「歸つて」＝かえって＝帰って

　　【歷史假名標示的「ハ行」，位於第二假名之後的唸音轉變。】與【歷史假名標

　　示的「つ」，視為「っ」。】

14.「云はなかつた」＝云わなかった

　　【歷史假名標示的「ハ行」，位於第二假名之後的唸音轉變。】與【歷史假名標

　　示的「つ」，視為「っ」。】

15.「あつち」＝あっち

　　【歷史假名標示的「つ」，視為「っ」。】

16.「答へる」＝こたえる＝答える

　　【歷史假名標示的「ハ行」，位於第二假名之後的唸音轉變。】

17.「御歸り」＝おかえり＝御帰り

　　【歷史假名標示的「ハ行」，位於第二假名之後的唸音轉變。】

18.「矢張り」＝やはり＝矢張り

　　【「矢張り」視為一個單字，而不唸「矢張り」。】

19.「敎へた」＝おしえた＝教えた

　　【歷史假名標示的「を」，視為「お」。】與【歷史假名標示的「ハ行」，位於

第二假名之後的唸音轉變。】

20.「覺へた」＝おぼえた＝覚えた

【歷史假名標示的「ハ行」，位於第二假名之後的唸音轉變。】

21.「靜まる」＝しずまる＝靜まる

【歷史假名標示的「づ」，相當於「ず」。】

22.「直して」＝なおして＝直して

【歷史假名標示的「ハ行」，位於第二假名之後的唸音轉變。】

23.「短刀」＝[ta n ta u]＝[ta n tō]＝たんとう＝短刀

【歷史假名標示的長音轉音的規則。】

24.「潛り」＝くぐり＝潛り

【日文疊字的標示方式。】

25.「草履」＝[za u ri]＝[zō ri]＝ぞうり＝草履

【歷史假名標示的長音轉音的規則。】

26.「鳥居」＝とりい＝鳥居

【歷史假名標示的「ゐ」，視為「い」。】

27.「仕舞ふ」＝しまう＝仕舞う

【歷史假名標示的「ハ行」，位於第二假名之後的唸音轉變。】

28.「續いてゐる」＝つづいている＝続いている

【日文疊字的標示方式。】與【歷史假名標示的「ゐ」，視為「い」。】

29.「大きな」＝おおきな＝大きな

【歷史假名標示的「ハ行」，位於第二假名之後的唸音轉變。】

30.「銀杏」＝[i te u]＝[i tyō]＝[i chyō]＝いちょう＝銀杏

【歷史假名標示的長音轉音的規則。】

31.「片側」＝かたがわ＝片側

【歷史假名標示的「ハ行」，位於第二假名之後的唸音轉變。】

32.「敷石傳ひ」＝しきいしづたい＝敷石伝い

【歷史假名標示的「ハ行」，位於第二假名之後的唸音轉變。】

33.「向ひあつた」＝むかいあった＝向いあった

【歷史假名標示的「ハ行」，位於第二假名之後的唸音轉變。】與【歷史假名標示的「つ」，視為「っ」。】

34.「書體」＝しょたい＝書体

【歷史假名標示的「拗音」，字體一樣大小。】

35.「家中」＝かちゅう＝家中

【歷史假名標示的「拗音」，字體一樣大小。】

36.「名前」＝なまえ＝名前

【歷史假名標示的「ハ行」，位於第二假名之後的唸音轉變。】

37.「添へた」＝そえた＝添えた

【歷史假名標示的「ハ行」，位於第二假名之後的唸音轉變。】

38.「梟」＝ふくろう＝梟

【歷史假名標示的「ハ行」，位於第二假名之後的唸音轉變。】

39.「梢」＝こずえ＝梢

【歷史假名標示的「ゑ」，視為「え」。】

40.「ぴちやぴちやする」＝ぴちゃぴちゃする

【歷史假名標示的「拗音」，字體一樣大小。】

41.「前」＝まえ＝前

【歷史假名標示的「ハ行」，位於第二假名之後的唸音轉變。】

42.「柏手」＝かしわで＝柏手

【歷史假名標示的「ハ行」，位於第二假名之後的唸音轉變。】

43.「一心不亂」＝いっしんふらん＝一心不乱

【歷史假名標示的「つ」，視為「っ」。】

44.「夫」＝おっと＝夫

　　【歷史假名標示的「つ」，視為「っ」。】

45.「侍」＝さむらい＝侍

　　【歷史假名標示的「ハ行」，位於第二假名之後的唸音轉變。】

46.「願」＝[gu wa n]＝[ga n]＝がん＝願

　　【「u」與「w」無聲化，消失不用所致。】

47.「道理」＝[da u ri]＝[dō ri]＝どうり＝道理

　　【歷史假名標示的長音轉音的規則。】

48.「一圖」＝いちず＝一図

　　【歷史假名標示的「づ」，相當於「ず」。】

49.「思ひ詰めて居る」＝おもいつめている＝思い詰めて居る

　　【歷史假名標示的「ハ行」，位於第二假名之後的唸音轉變。】與【歷史假名標

　　示的「ゐ」，視為「い」。】

50.「真暗」＝まっくら＝真暗

　　【歷史假名標示的「つ」，視為「っ」。】

51.「やうに」＝[ya u ni]＝[yō ni]＝ように

　　【歷史假名標示的長音轉音的規則。】

52.「いづれ」＝いずれ

　　【歷史假名標示的「づ」，相當於「ず」。】

53.「這ひ廻つてゐる」＝はいまわっている＝這い廻っている

　　【歷史假名標示的「ハ行」，位於第二假名之後的唸音轉變。】與【歷史假名標

　　示的「ゐ」，視為「い」。】與【歷史假名標示的「拗音」，字體一樣大小。】

54.「甚だ」＝はなはだ＝甚だ

　　【「甚だ」視為一個單字，而不唸「甚だ」。】

55.「非常に」＝[hi ja u ni]＝[hi jō ni]＝ひじょうに＝非常に

【歷史假名標示的長音轉音的規則。】

56.「中途」＝ちゅうと＝中途

【歷史假名標示的「拗音」，字體一樣大小。】

# 參考書目

## （一）書籍

（1975）　『漱石全集』第八巻　岩波書店

三好行雄編（1990）　『別冊國文學・夏目漱石事典』學燈社

荒正人（1984）　『増補改訂漱石研究年表』集英社

津田青楓（1949）　『漱石と十弟子』世界文庫

荒正人（1979）　『漱石──人とその作品』日本リーダーズダイジェスト

## （二）網路

青空文庫

# ❀ MEMO ❀

# ❀ MEMO ❀

# ❀ MEMO ❀

# ❀ MEMO ❀

## 國家圖書館出版品預行編目資料

日語舊假名學習：與夏目漱石共遊歷史假名標示的世界 / 曾秋桂、落合由治著
--初版--臺北市：瑞蘭國際,2012.10
288面；19 x 26公分 --（日語學習系列；15）
ISBN：978-986-5953-17-1
1.日語 2.假名

803.113        101019350

日語學習系列 15

## 日語舊假名學習

# 與夏目漱石共遊
# 歷史假名標示的世界

作者｜曾秋桂、落合由治・責任編輯｜葉仲芸、こんどうともこ、王愿琦

封面、版型設計｜余佳憓・內文排版｜帛格有限公司、余佳憓・插畫｜邱亭瑜
校對｜曾秋桂、落合由治、葉仲芸、こんどうともこ、王愿琦・印務｜王彥萍

董事長｜張暖蕙・社長｜王愿琦・總編輯｜こんどうともこ・副總編輯｜呂依臻
副主編｜葉仲芸・編輯｜周羽恩・美術編輯｜余佳憓
企畫部主任｜王彥萍・網路行銷、客服部主任｜楊米琪

出版社｜瑞蘭國際有限公司・地址｜台北市大安區安和路一段104號7樓之1
電話｜(02)2700-4625・傳真｜(02)2700-4622・訂購專線｜(02)2700-4625
劃撥帳號｜19914152 瑞蘭國際有限公司・瑞蘭網路書城｜www.genki-japan.com.tw

總經銷｜聯合發行股份有限公司・電話｜(02)2917-8022、2917-8042
傳真｜(02)2915-6275、2915-7212・印刷｜宗祐印刷有限公司
出版日期｜2012年10月初版1刷・定價｜350元・ISBN｜978-986-5953-17-1

瑞蘭國際

瑞蘭國際